GW00338721

Carmen
Martín Gaite

Las ataduras

Ediciones Destino
Colección
Áncora y Delfín
Volumen 823

No se permite la reproducción total o parcial de este libro, ni su incorporación a un sistema informático, ni su transmisión en cualquier forma o por cualquier medio, sea éste electrónico, mecánico, por fotocopia, por grabación u otros métodos, sin el permiso previo y por escrito de los titulares del *copyright*.

© Carmen Martín Gaite
© Ediciones Destino, S.A., 1998
Enric Granados, 84. 08008 Barcelona
Primera edición: junio 1960
Primera edición en este formato: septiembre 1998
Segunda edición en este formato: octubre 1998
Tercera edición en este formato: julio 2000
ISBN: 84-233-3048-6
Depósito legal: M. 33.198-2000
Impreso por Unigraf S.L.
Pol. Ind. Arroyomolinos, nº 1
28938 Móstoles (Madrid)
Impreso en España - Printed in Spain

A mi padre, abnegado y tenaz.
A mi madre, que nunca me forzó a ninguna cosa, que parecía que no me estaba enseñando nada.

«Ay de mí —se dijo el ratón—. El mundo se me vuelve cada día más angosto. A lo primero era tan vasto que me daba miedo; yo corría a todas partes, siempre adelante, y me sentí dichoso al ver, por fin, lejanos muros a derecha e izquierda; mas he aquí que estos muros se me vienen cerrando tan rápidamente el uno contra el otro, que me veo ya en la última estancia, y ahí, en el rincón, está la trampa en la que voy a caer.»

«No tienes más que volverte» —dijo el gato—. Y se lo comió.

FRANZ KAFKA, *Pequeña fábula*

LAS ATADURAS

—No puedo dormir, no puedo. Da la luz, Herminia —dijo el viejo maestro, saltando sobre los muelles de la cama.

Ella se dio la vuelta hacia el otro lado, y se cubrió con las ropas revueltas.

—Benjamín, me estás destapando —protestó—. ¿Qué te pasa?, ¿no te has dormido todavía?

—¿Qué quieres que me pase? Ya lo sabes, ¿es que no lo sabes? ¡Quién se puede dormir! Sólo tú que pareces de corcho.

—No vuelvas a empezar ahora, por Dios —dijo la voz soñolienta de la mujer—. Procura dormir, hombre, déjame, estoy cansada del viaje.

—Y yo también. Eso es lo que tengo atragantado, eso. Ese viaje inútil y maldito, me cago en Satanás; que si se pudieran hacer las cosas dos veces...

—Si se pudieran hacer dos veces, ¿qué?

—Que no iría, que me moriría sin volverla a ver, total para el espectáculo que hemos visto; que irías tú si te daba la gana, eso es lo que te digo.

—Sí, ya me he enterado; te lo he oído ayer no sé cuántas veces. ¿Y qué? Ya sabes que a mí me da la gana y que iré siempre que ella me llame. También te lo he dicho ayer. Creí que no querías darle más vueltas al asunto.

—No quería. ¿Y qué adelanto con no querer? Me rebulle. Tengo sangre en las venas y me vuelve a rebullir; me estará rebullendo siempre que me acuerde.

—Vaya todo por Dios.

—Da la luz, te digo.

La mujer alargó una muñeca huesuda y buscó a tientas la pera de la luz. Los ojos del viejo maestro, foscos, esforzados de taladrar la oscuridad, parpadearon un instante escapando de los de ella que le buscaron indagadores, al resplandor que se descolgó sobre la estancia. Se sentó en la cama y la mujer le imitó a medias, con un suspiro. Asomaron las dos figuras por encima de la barandilla que había a los pies, a reflejarse enfrente, en la luna del armario. Toda la habitación nadaba con ellos, zozobraba, se torcía, dentro de aquel espejo de mala calidad, sucio de dedos y de moscas. Se vio él. Miró en el espejo, bajo la alta bombilla solitaria, el halo de sus propios pelos canosos alborotados, el bulto de la mujer, apenas surgido para acompañarle, el perfil de tantos objetos descabalados, ignorados de puro vistos, de tantas esquinas limadas por el uso, y se tapó los ojos. Dentro de ellos estalló un fuego colorado. Alina, niña, se sacudía el cabello mojado, riendo, y dejaba las frazadas de leña en la cocina, allí, a dos pasos; su risa trepaba con el fuego. Ahora un rojo de chispas de cerezas: Alina, en la copa de un cerezo del huerto, le contaba cuentos al niño del vaquero. Ahora un rojo de sol y de mariposas; ahora un rojo de vino.

La mujer se volvió a hundir en la cama.

—Herminia, ¿qué hora es?

—Las seis y cuarto. Anda, duérmete un poco. ¿Apagamos la luz?

Por toda contestación, el maestro echó los pies afuera y se puso a vestirse lentamente. Luego abrió las maderas de la ventana. Se cernía ya sobre el jardín una claridad tenue que a él le permitía reconocer los sitios como si los palpara. Cantó un gallo al otro lado de la carretera.

—Tan a gusto como podían vivir aquí esos niños —mascculló con una voz repentinamente floja—. Tantas cosas como yo les podría enseñar, y las que ellos verían, maldita sea.

—Pero, ¿qué dices, Benjamín? No vuelvas otra vez...

—No vuelvo, no; no vuelvo. Pero dímelo tú cómo van a prosperar en aquel cuartucho oliendo a tabaco y a pintura. Ya; ya te dejo en paz. Apaga si quieres.

Ella le había seguido con los ojos desde que se levantó. Ahora le vio separarse de la ventana, cerrar las maderas y coger su chaqueta, colgada en una silla. Le hizo volverse en la puerta.

—¿Adónde vas?

—Por ahí, qué más da. Donde sea. No puedo estar en la cama.

Ya en el pasillo, no escuchó lo que ella contestaba, aunque distinguió que era el tono de hacerle alguna advertencia. Tuvo un bostezo que le dio frío. La casa estaba inhóspita a aquellas horas; se le sentían los huesos, crujía. Y el cuerpo la buscaba, sin embargo, para abrigarse en alguna cosa.

Entró en la cocina: ni restos del fuego rojo que había llenado sus ojos cerrados unos minutos antes. Pasó la mirada por los estantes recogidos. Todo gris, estático. El tictac del despertador salía al jardín por la ventana abierta. Sacó agua de la cántara con un cacillo y la bebió directamente. Se sentó en el escaño de madera, hizo un pitillo. Allí estaba la escopeta, en el rincón de siempre. Fumó, mirando al suelo, con la frente en las manos. Después de aquel cigarro, otros dos.

Eran ya las siete cuando salió a la balconada de atrás, colgada sobre un techo de avellanos, con el retrete en una esquina, y bajó la escalerilla que daba al jardín. Era jardín y huerta, pequeño, sin lindes. Las hortensias y las dalias crecían a dos pasos de las hortalizas, y solamente había un paseo de arena medianamente organizado, justamente bajo la balconada, a la sombra de los avellanos. Lo demás eran pequeños caminillos sin orden ni concierto que zurcían los trozos de cultivos y flores. Más atrás de todo esto, había un prado donde estaban los árboles. Ciruelos, perales, manzanos, cerezos y una higuera, en medio de todos. El maestro cruzó el corro de los árboles y por la puerta de atrás salió del huerto al camino. La puerta de la casa daba a la carretera, ésta a un camino que se alejaba del pueblo. A los pocos pasos se volvió a mirar. Asomaba el tejado con su chimenea sin humo, bajo el primer albor de un cielo neutro donde la luna se transparentaba rígida, ya de retirada. Le pareció un dibujo todo el jardín y mentira la casa; despareja-da, como si no fuera hermana de las otras del pueblo. Las otras estaban vivas y ésta era la casa de un guiñol, de tarlatana y cartón piedra. Y Herminia, pobre Herminia, su única compañera marioneta. Con la mano en el aire le reñía, le quería dar ánimos, llevarle a rastras, pero sólo conseguía enhebrar largos razonamientos de marioneta.

«Hoy tampoco ha venido carta. No nos va a escribir siempre, Benjamín.»

«Hay que dejar a cada cual su vida. Lo que es joven, rompe para adelante.»

«No estés callado, Benjamín.»

«¿Por qué no vas de caza?»

«No ha escrito, no. Mañana, a lo mejor. A veces se pierden cartas.»

Y en invierno llueve. Y las noches son largas. Y las marionetas despintadas se miran con asombro.

«Ella, Benjamín, no era para morirse entre estas cuatro paredes.»

Dio la vuelta y siguió camino abajo. Ya iba a salir el sol. A la derecha, un muro de piedras desiguales, cubierto de musgo y zarzamoras, separaba el camino de unos cultivos de viña. Más adelante, cuando se acababa este muro, el camino se bifurcaba y había una cruz de piedra en el cruce. No se detuvo. Uno de los ramales llevaba a la iglesia, que ya se divisaba detrás de un corro de eucaliptos; pero él tomó el otro, una encañada del ancho exacto de un carro de bueyes y que tenía los rodales de este pasaje señalados muy hondo en los extremos del suelo. Oyó que le llamaban, a la espalda, y se volvió. A los pocos metros, cerca del cruce, distinguió al cura que subía, montado en su burro, hacia el camino de la otra parroquia.

—Benjamín —había llamado, primero no muy fuerte, entornando los ojos viejos, como para asegurarse.

Y luego detuvo el burro y ya más firme, con alegría:

—Benjamín, pero claro que es él. Benjamín, hombre, venga acá. Mira que tan pronto de vuelta.

El maestro no se acercó. Le contestó apagadamente sin disminuir la distancia:

—Buenos días, don Félix. Voy de prisa.

El burro dio unos pasos hacia él.

—Vaya, hombre, con la prisa. Temprano saltan los quehaceres. Cuénteme, por lo menos, cuándo han llegado.

—Ayer tarde, ya tarde.

—¿Y qué tal? ¿Es muy grande París?

—Muy grande, sí señor. Demasiado.

—Vamos, vamos. Tengo que ir una tarde por su casa, para que me cuente cosas de la chica.

—Cuando quiera.

—Porque como esté esperando a que usted venga por la iglesia...

Se había acercado y hablaba mirando la cabeza inclinada del maestro, que estaba desenterrando una piedra del suelo, mientras le escuchaba. Salió un ciempiés de debajo, lo vieron los dos escapar culebreando. A Alina no le daba miedo de los ciempiés, ni cuando era muy niña. De ningún bicho tenía miedo.

—¿Y cómo la han encontrado, a la chica?

—Bien, don Félix, muy bien está.

—Se habrá alegrado mucho de verles, después de tanto tiempo.

—Ya ve usted.

—Vaya, vaya... ¿Y por fin no se han traído a ningún nietecito?

—No señor, el padre no quiere separarse de ellos.

—Claro, claro. Ni Adelaida tampoco querrá. Maja chica Alina. Así es la vida. Parece que la estoy viendo correr por aquí. Cómo pasa el tiempo. En fin... ¿Se acuerda usted de cuando recitó los versos a la Virgen, subida ahí en el muro, el día de la procesión de las

Nieves? No tendría ni ocho años. ¡Y qué bien los decía!, ¿se acuerda usted?

—Ya lo creo, sí señor.

—Le daría usted mis recuerdos, los recuerdos del cura viejo.

—Sí, Herminia se los dio, me parece.

—Bueno, pues bien venidos. No le entretengo más, que también a mí se me hace tarde para la misa. Dígale a Herminia que ya pasaré, a ver si ella me cuenta más cosas que usted.

—Adiós, don Félix.

Se separaron. La encañada seguía hacia abajo, pero se abría a la derecha en un repecho, suave al principio, más abrupto luego, resbaladizo de agujas de pino. Llegado allí, el maestro se puso a subir la cuesta despacio, dejando el pueblo atrás. No volvió la vista. Ya sentía el sol a sus espaldas. Cuanto más arriba, más se espesaba el monte de pinos y empezaban a aparecer rocas muy grandes, por encima de las cuales a veces tenía que saltar para no dar demasiado rodeo. Miró hacia la cumbre, en línea recta. Todavía le faltaba mucho. Trepaba de prisa, arañándose el pantalón con los tojos, con las carquejas secas. Pero se desprendía rabiosamente y continuaba. No hacía caso del sudor que empezaba a sentir, ni de los resbalones, cada vez más frecuentes.

—Alina —murmuró, jadeando—, Alina.

Le caían lágrimas por la cara.

—Alina, ¿qué te pasa?, me estás destapando. ¿No te has dormido todavía? ¿Adónde vas?

—A abrir la ventana.

—Pero, ¿no te has levantado antes a cerrarla? Te has levantado, me parece.

—Sí, me he levantado, ¿y qué?, no estés tan pendiente de mí.

—¿Cómo quieres que no esté pendiente si no me dejas dormir? Para quieta; ¿por qué cerrabas antes la ventana?

—Porque tosió Santiago. ¿No le oyes toda la noche? Tose mucho.

—Entonces no la abras otra vez, déjala.

La ventana da sobre un patio pequeño. Una luz indecisa de amanecer baja del alto rectángulo de cielo. Alina saca la cabeza a mirar; trepan sus ojos ansiosos por los estrados de ropa colgada —camisetas, sábanas, jerseys, que se balancean, a distintas alturas—, y respira al hallar arriba aquel claror primero. Es un trozo pequeño del cielo que se empieza a encender sobre París esa mañana, y a lo mejor ella sola lo está mirando.

—Pero, Adelaida, cierra ahí. ¿No has dicho que Santiago tose? No se te entiende. Ven acá.

—Me duele la cabeza, si está cerrado. Déjame un poco respirar, Philippe, duérmete. Yo no tengo sueño. Estoy nerviosa.

—Te digo que vengas acá.

—No quiero —dice ella, sin volverse—. Déjame.

Por toda respuesta, Philippe se incorpora y da una luz pequeña. En la habitación hay dos cunas, una pequeñísima, al lado de la cama de ellos, y otra más grande, medio oculta por un biombo. El niño que duerme en esta cuna se ha revuelto y tose. Alina cierra la ventana.

—Apaga —dice con voz dura.

La luz sigue encendida.

—¿Es que no me has oído, estúpido? —estalla, furiosa, acercándose al interruptor.

Pero las manos de él la agarran fuertemente por las muñecas. Se encuentran los ojos de los dos.

—Quita, bruto. Que apagues, te he dicho. El niño está medio despierto.

—Quiero saber lo que te pasa. Lo que te rebulle en la cabeza para no dejarte dormir.

—Nada, déjame. Me preocupa el niño; eso es todo. Y que no puedo soportar el olor de pintura.

—No, eso no es todo, Alina. Te conozco. Estás buscando que riñamos. Igual que ayer.

—Cállate.

—Y hoy si quieres riña, vas a tener riña ¿lo oyes? no va a ser como ayer. Vamos a hablar de todo lo que te estás tragando, o vas a cambiar de cara, que ya no te puedo ver con ese gesto.

Ella se suelta, sin contestar, y se acerca a la cuna del niño, que ahora lloriquea un poco. Le pone a hacer pis y le da agua. Le arregla las ropas. A un gesto suyo, Philippe apaga la luz. Luego la siente él cómo coge a tientas una bata y abre la puerta que da al estudio.

—¿Qué vas a buscar? ¡Alina! —llama con voz contenida.

Alina cierra la puerta detrás de sí y da la luz del estudio. Es una habitación algo mayor que la otra y mucho más revuelta. Las dos componen toda la casa. Sobre una mesa grande, cubierta de hule amarillo, se ven cacharros y copas sin fregar, y también botes con pinceles. Junto a la mesa hay un caballete y, en un ángulo, una cocina empotrada tapada por cortinas. Alina ha ido allí a beber un poco de leche fría, y se queda de pie, mirándolo todo con ojos inertes. Por todas partes están los cuadros de Philippe. Colgados, apilados, vueltos de espalda, puestos a orear. Mira los dos divanes donde han dormido sus padres y se va a tender en uno de ellos. Apura el vaso de leche, lo deja en el suelo. Luego enciende un pitillo.

En el caballete hay un lienzo a medio terminar. Una oleada de remiendos grises, brochazos amarillentos, agujas negras.

Philippe ha aparecido en la puerta del estudio.

—Alina, ¿no oyes que te estoy llamando? Ven a la cama.

—Por favor, déjame en paz. Te he dicho que no tengo sueño, que no quiero.

—Pero aquí huele mucho más a pintura. ¿No dices que es eso lo que te pone nerviosa?

—Tú me pones nerviosa, ¡tú!, tenerte que dar cuenta y explicaciones de mi humor a cada momento, no poderme escapar a estar sola ni cinco minutos. Señor. ¡Cinco minutos de paz en todo el día!... A ver si ni siquiera voy a poder tener insomnio, vamos..., y nervios por lo que sea; es que es el colmo. ¡¡Ni un pitillo!! ¡Ni el tiempo de un pitillo sin tenerte delante!

Ha ido subiendo el tono de voz, y ahora le tiembla de excitación. Él se acerca.

—No hables tan alto. Te estás volviendo una histérica. Decías que estabas deseando que se fueran tus padres porque te ponían nerviosa, y ahora que se han ido es mucho peor.

—Mira, Philippe, déjame. Es mejor que me dejes en paz.

—No te dejo. Tenemos que hablar. Antes de venir

tus padres no estabas así nunca. Antes de venir ellos...

Alina se pone de pie bruscamente.

—¡Mis padres no tienen nada que ver! —dice casi gritando—. Tú no tienes que hablar de ellos para nada, no tienes ni que nombrarlos, ¿lo oyes? Lo que pase o no pase por causa de mis padres, sólo me importa a mí.

—No creo eso; nos importa a los dos. Ven, siéntate.

—No tienes ni que nombrarlos —sigue ella tercamente, paseando por la habitación—, eso es lo que te digo. Tú ni lo hueles lo que son mis padres, ni te molestas en saberlo. Más vale que no los mezcles en nada, después de lo que has sido con ellos estos días; mejor será así, si quieres que estemos en paz.

—¡Yo no quiero que estemos en paz! ¿Cuándo he querido, Alina? Tú te empeñas en tener siempre paz a la fuerza. Pero cuando hay tormenta, tiene que estallar, y si no estalla es mucho peor. Dilo ya todo lo que andas escondiendo, en vez de callarte y amargarte a solas. ¿Por qué me dices que no te pasa nada? Suelta ya lo que sea. Ven.

Alina viene otra vez a sentarse en el sofá, pero se queda callada, mirándose las uñas. Hay una pausa. Los dos esperan.

—Qué difícil eres, mujer —dice él, por fin—. Cuántas vueltas le das a todo. Cuando se fueron tus padres, dijiste que te habías quedado tranquila. Recuérdalo.

—Claro que lo dije. No hay nervios que puedan aguantar una semana así. ¿Es que no has visto lo desplazados que estaban, por Dios? ¿Vas a negar que no hacías el menor esfuerzo por la convivencia con ellos? Los tenías en casa como a animales molestos, era imposible de todo punto vivir así. ¡Claro que estaba deseando que se fueran!

—Adelaida, yo lo sabía que iba a pasar eso, y no sólo por mi culpa. Te lo dije que vinieran a un hotel, hubiera sido más lógico. Ellos y nosotros no tenemos nada que ver. Es otro mundo el suyo. Chocaban con todo, como es natural. Con nuestro horario, con la casa, con los amigos. No lo podíamos cambiar todo durante una semana. Yo les cedí mi estudio; no eres justa quejándote sólo de mí. La hostilidad la ponían ellos también, tu padre sobre todo. ¡Cómo me miraba! Está sin civilizar tu padre, Alina. Tú misma lo has dicho muchas veces; has dicho que se le había agriado el carácter desde que te fuiste a estudiar a la Universidad, que tenía celos de toda la gente que conocías, que al volver al pueblo te hacía la vida imposible. Y acuérdate de nuestro noviazgo.

Alina escucha sin alzar los ojos. Sobre las manos inmóviles le han empezado a caer lágrimas. Sacude la cabeza, como ahuyentando un recuerdo molesto.

—Deja las historias viejas —dice—. Qué importa eso ahora. Ellos han venido. Te habían conocido de refilón cuando la boda, y ahora vienen, después de tres años, a vernos otra vez, y a ver a los niños. ¿No podías haberlo hecho todo menos duro? Ellos son viejos. A ti el despego de mi padre no te daña, porque no te quita nada ya. Pero tú a mi padre se lo has quitado todo. Eras tú quien se tenía que esforzar, para que no se fueran como se han ido.

—Pero, ¿cómo se han ido? Parece que ha ocurrido una tragedia, o que les he insultado. ¿En qué he sido despegado yo, distinto de como soy con los demás? Sabes que a nadie trato con un cuidado especial, no puedo. ¿En qué he sido despegado? ¿Cuándo? ¿Qué tendría que haber hecho?

—Nada, déjalo, es lo mismo.

—No, no es lo mismo. Aprende a hablar con orden. A ver: ¿cuándo he sido yo despegado?

—No sé; ya en la estación, cuando llegaron; y luego, con lo de los niños, y siempre.

—Pero no amontones las cosas, mujer. En la estación, ¿no empezaron ellos a llorar, como si estuvieras muerta, y a mí ni me miraban? ¿No se pusieron a decir que ni te conocían de tan desmejorada, que cómo podías haberte llegado a poner así? Tú misma te enfadaste, acuérdate. ¿No te acuerdas? Di.

—Pero si es lo mismo, Philippe —dice ella con voz cansada—. Anda, vete a acostar. No se trata de los hechos, sino de entender y sentir la postura de mis padres, o no entenderla. Tú no lo entiendes, qué le vas a hacer. Estaríamos hablando hasta mañana.

—¿Y qué?

—Que no quiero, que no merece la pena.

Se levanta y va a dejar el vaso en el fregadero. Philippe la sigue.

—¿Cómo que no merece la pena? Claro que la merece. ¿Crees que me voy a pasar toda la vida sufriendo tus misterios? Ahora ya te vuelves a aislar, a sentirte incomprendida, y me dejas aparte. Pero, ¿por qué sufres tú exactamente, que yo lo quiero saber? Tú te pasas perfectamente sin tus padres, has sentido alivio, como yo, cuando se han ido... ¿no?

—¡Por Dios, déjame!

—No, no te dejo, haz un esfuerzo por explicarte,

no seas tan complicada. Ahora quiero que hablemos de este asunto.

—¡Pues yo no!

—¡Pues yo sí...! Quiero que quede agotado de una vez para siempre, que no lo tengamos que volver a tocar. ¿Me oyes? Mírame cuando te hablo. Ven, no te escapes de lo que te pregunto.

Alina se echa a llorar con sollozos convulsos.

—¡¡Déjame!! —dice, chillando—. No sé explicarte nada, déjame en paz. Estoy nerviosa de estos días. Se me pasará. Ahora todavía no puedo reaccionar. Mis padres se han ido pensando que soy desgraciada, y sufro porque sé que ellos sufren pensando así. No es más que eso.

—¡Ay Dios mío! ¿Pero tú eres desgraciada?

—Y qué más da. Ellos lo han visto de esa manera, y ya nunca podrán vivir tranquilos. Eso es lo que me desespera. Si no me hubieran visto, sería distinto, pero ahora, por muy contenta que les escriba, ya nunca se les quitará de la cabeza. Nunca. Nunca.

Habla llorando, entrecortadamente. Se pone a vestirse con unos pantalones de pana negros que hay en el respaldo de una silla, y un jersey. Agarra las prendas y se las mete, con gestos nerviosos. Un reloj, fuera, repite unas campanadas que ya habían sonado un minuto antes.

—Tranquilízate, mujer. ¿Qué haces?

—Nada. Son las siete. Ya no me voy a volver a acostar. Vete a dormir tú un poco, por favor. Vamos a despertar a los niños si seguimos hablando tan fuerte.

—Pero no llores, no hay derecho. Libérate de esa pena por tus padres. Tú tienes que llevar adelante tu vida y la de tus hijos. Te tienes que ocupar de borrar tus propios sufrimientos reales, cuando tengas alguno.

—Que sí, que sí...

—Mujer, contéstame de otra manera. Parece que me tienes rencor, que te aburro.

La persigue, en un baile de pasos menudos, por todo el estudio. Ella ha cogido una bolsa que había colgada en la cocina.

—Déjame ahora —le dice, acercándose a la puerta de la calle—. Tendrás razón, la tienes, seguramente; pero, déjame, por favor. ¡¡Te lo estoy pidiendo por favor!!

—¿Cómo?, ¿te vas? No me dejes así, no te vayas enfadada. Dime algo, mujer.

Alina ya ha abierto la puerta.

—¡Qué más quieres que te diga! ¡Que no puedo más! Que no estaré tranquila hasta que no me pueda ver un rato sola. Que me salgo a buscar el pan para desayunar y a que me dé un poco el aire. Que lo comprendas si puedes. Que ya no aguanto más aquí encerrada. Hasta luego.

Ha salido casi corriendo. Hasta el portal de la calle hay solamente un tramo de escalera. La mano le tiembla, mientras abre la puerta. Philippe la está llamando, pero no contesta.

Sigue corriendo por la calle. Siente flojas las piernas, pero las fuerza a escapar. Cruza de una acera a otra, y después de una bocacalle a otra, ligera y zozobrante, arrimada a las paredes. Hasta después de sentir un verdadero cansancio, no ha alzado los ojos del suelo, ni ha pensado adónde iba. Poco a poco, el paso se le va relajando, y su aire se vuelve vacilante y arrítmico, como el de un borracho, hasta que se detiene.

Se ha acordado de que Philippe no la seguirá, porque no puede dejar solos a los niños, y respira hondo.

Es una mañana de niebla. La mayor parte de las ventanas de las casas están cerradas todavía, pero se han abierto algunos bares. Ha llegado cerca de la trasera de Notre Dame. Las personas que se cruzan con ella la miran allí parada, y siguen ajenas, absortas en lo suyo. Echa a andar en una dirección fija. Está cerca del Sena, del río Sena. Un río que se llama de cualquier manera: una de aquellas rayitas azul oscuro que su padre señalaba en el mapa de la escuela. Éste es su río de ahora. Ha llegado cerca del río y lo quiere ver correr.

Sale a la plaza de Notre Dame, y la cruza hacia el río. Luego va siguiendo despacio el parapeto hasta llegar a las primeras escaleras que bajan. El río va dentro de su cajón. Se baja por el parapeto hasta una acera ancha de cemento y desde allí se le ve correr muy cerca. Es como un escondite de espaldas a la ciudad, el escenario de las canciones que hablan de amantes casi legendarios. No siente frío. Se sienta, abrazándose las rodillas, y los ojos se le van apaciguando, descansando en las aguas grises del río.

Los ríos le atrajeron desde pequeñita, aún antes de haber visto ninguno. Desde arriba del monte Ervedelo, le gustaba mirar fijamente la raya del Miño, que riega Orense, y también la ciudad, concreta y dibujada. Pero sobre todo el río, con su puente encima. Se lo imaginaba maravilloso, visto de cerca. Luego, en la escuela, su padre le enseñó los nombres de otros ríos que están en países distantes; miles de culebrillas finas, todas iguales: las venas del mapa.

Iba a la escuela con los demás niños, pero era la más lista de todos. Lo oyó decir muchas veces al cura y al dueño del Pazo, cuando hablaban con su padre. Aprendió a leer en seguida y le enseñó a Eloy, el del vaquero, que no tenía tiempo para ir a la escuela.

—Te va a salir maestra como tú, Benjamín —decían los amigos del padre, mirándola.

Su padre era ya maduro, cuando ella había nacido. Junto con el recuerdo de su primera infancia, estaba siempre el del roce del bigote hirsuto de su padre, que la besaba mucho y le contaba largas historias cerca del oído. Al padre le gustaba beber y cazar con la gente del pueblo. A ella la hizo andarina y salvaje. La llevaba con él al monte en todo tiempo y le enseñaba los nombres de las hierbas y los bichos. Alina, con los nombres que aprendía, iba inventando historias, relacionando colores y brillos de todas las cosas menudas. Se le hacía un mundo anchísimo, lleno de tesoros, el que tenía al alcance de la vista. Algunas veces se había juntado con otras niñas, y se sentaban todas a jugar sobre los muros, sobre los carros vacíos. Recogían y alineaban palitos, moras verdes y rojas, erizos de castaña, granos de maíz, cristales, cortezas. Jugaban a cambiarse estos talismanes de colores. Hacían caldos y guisos, machacando los pétalos de flores en una lata vacía, los trocitos de teja que dan el pimentón, las uvas arrancadas del racimo. Andaban correteando a la sombra de las casas, en la cuneta de la carretera, entre las gallinas tontas y espantadizas y los pollitos feos del pescuezo pelado.

Pero desde que su padre la empezó a aficionar a trepar a los montes, cada vez le gustaba más alejarse del pueblo; todo lo que él le enseñaba o lo que iba mirando ella sola, en las cumbres, entre los pies de los pinos, era lo que tenía verdadero valor de descubrimiento. Saltaba en las puntas de los pies, dando chillidos, cada vez que se le escapaba un vilano, una lagartija o una mariposa de las buenas. La mariposa paisana volaba cerca de la tierra, cabeceando, y era muy fácil de coger, pero interesaba menos que una mosca. Era menuda, de color naranja o marrón pinteada; por fuera como de ceniza. Por lo más adentrado del monte, las mariposas que interesaban se cruzaban con los saltamontes, que siempre daban susto al aparecer, desplegando sus alas azules. Pero Alina no tenía miedo de ningún bicho; ni siquiera de los caballitos del diablo que sólo andaban por lo más espeso, por donde también unas arañas enormes y peludas tendían entre los pinchos de los tojos sus gruesas telas, como hamacas. Los caballitos del diablo le atraían por lo espantoso, y los acechaba, conteniendo la respiración.

—Cállate, papá, que no se espante ése. Míralo ahí. Ahí —señalaba, llena de emoción.

Había unas flores moradas, con capullos secos enganchados en palito que parecían cascabeles de papel. Éstas eran el posadero de los caballitos del diablo, se montaban allí y quedaban balanceándose en éxtasis, con un ligero zumbido que hacía vibrar sus alas de tornasol, el cuerpo manchado de reptil pequeño, los ojos abultados y azules.

Un silencio aplastante, que emborrachaba, caía a mediodía verticalmente sobre los montes. Alina se empezó a escapar sola a lo intrincado y le gustaba el miedo que sentía algunas veces, de tanta soledad. Era una excitación incomparable la de tenderse en lo más alto del monte, en lo más escondido, sobre todo pensando en que a lo mejor la buscaban o la iban a reñir.

Su madre la reñía mucho, si tardaba; pero su padre apenas un poco las primeras veces, hasta que dejó de reñirla en absoluto, y no permitió tampoco que le volviera a decir nada su mujer.

—Si no me puedo quejar —decía, riéndose—. Si he sido yo quien le ha enseñado lo de andar por ahí sola, pateando la tierra de uno y sacándole sabor. Sale a mí clavada, Herminia. No es malo lo que hace; es una hermosura. Y no te apures, que ella no se pierde, no.

Y el abuelo Santiago, el padre de la madre, era el que más se reía. Él sí que no estaba nunca preocupado por la nieta.

—Dejarla —decía—, dejarla, que ésta llegará lejos y andará mundo. A mí se parece, Benjamín, más que a ti. Ella será la que continúe las correrías del abuelo. Como que se va a quedar aquí. Lo trae en la cara escrito lo de querer explorar mundo y escaparse.

—No, pues eso de las correrías sí que no —se alarmaba el maestro—. Esas ideas no se las meta usted en la cabeza, abuelo. Ella se quedará en su tierra, como el padre, que no tiene nada perdido por ahí adelante.

El abuelo había ido a América de joven. Había tenido una vida agitada e inestable y le habían ocurrido muchas aventuras. El maestro, en cambio, no había salido nunca de unos pocos kilómetros a la redonda, y se jactaba de ello cada día más delante de la hija.

—Se puede uno pasar la vida, hija, sin perderse por mundos nuevos. Y hasta ser sabio. Todo es igual de nuevo aquí que en otro sitio; tú al abuelo no le hagas caso en esas historias de los viajes.

El abuelo se sonreía.

—Lo que sea ya lo veremos, Benjamín. No sirve que tú quieras o no quieras.

A medida que crecía, Alina empezó a comprender confusamente que su abuelo y su padre parecían querer disputársela para causas contradictorias, aunque los detalles y razones de aquella sorda rivalidad se le escapasen. De momento la meta de sus ensueños era bajar a la ciudad a ver el río.

Recordaba ahora la primera vez que había ido con su padre a Orense, un domingo de verano, que había feria. La insistencia con que le pidió que la llevara y sus juramentos de que no se iba a quejar de cansancio. Recordaba, como la primera emoción verdaderamente seria de su vida, la de descubrir el río Miño de cerca, en plena tarde, tras la larga caminata, con un movimiento de muchas personas vestidas de colores, merendando en las márgenes, y de otras que bajaban incesantemente de los aserraderos de madera a la romería. Cerca del río estaba la ermita de los Remedios, y un poco más abajo, a la orilla, el campo de la feria con sus tenderetes que parecían esqueletos de madera. Estuvieron allí y el padre bebió y habló con mucha gente. Bailaban y cantaban, jugaban a las cartas. Vendían pirulís, pulpo, sombreros de paja, confites, pitos, pelotillas de goma y alpargatas. Pero Alina en eso casi no se fijó; lo había visto parecido por San Lorenzo, en la fiesta de la aldea. Miraba, sobre todo, el río, hechizada, sin soltarse al principio de la mano de su padre. Luego, más adelante, cuando el sol iba ya bajando, se quedó un rato sentada sola en la orilla («...que tengo cuidado. Déjame.

De verdad, papá...»); y sentía todo el rumor de la fiesta a sus espaldas, mientras trataba de descubrir, mezcladas en la corriente del Miño, las pepitas de oro del afluente legendario, el Sil, que arrastra su tesoro, encañonado entre colinas de pizarra. No vio brillar ninguna de aquellas chispas maravillosas, pero el río se iba volviendo, con el atardecer, cada vez más sonrosado y sereno, y se sentía, con su fluir, la despedida del día. Había en la otra orilla unas yeguas que levantaban los ojos de vez en cuando, y un pescador, inmóvil, con la caña en ángulo. El rosa se espesaba en las aguas.

Luego, al volver, desde el puente, casi de noche, se veían lejos los montes y los pueblos escalonados en anfiteatro, anchos, azules, y, en primer término, las casas de Orense con sus ventanas abiertas, algunas ya con luces, otras cerradas, inflamados aún los cristales por un último resplandor de sol. Muchas mujeres volvían de prisa, con cestas a la cabeza, y contaban dinero, sin dejar de andar ni de hablar.

—Se nos ha hecho muy tarde, Benjamín; la niña va con sueño —decía un amigo del padre, que había estado con ellos casi todo el rato.

—¿Ésta? —contestaba el maestro, apretándole la mano—. No la conoces tú a la faragulla esta. ¿Tienes sueño, faragulla?

—Qué va, papá, nada de sueño.

El maestro y su amigo habían bebido bastante, y se entretuvieron todavía un poco en unas tabernas del barrio de la Catedral.

Luego anduvieron por calles y callejas, cantando hasta salir al camino del pueblo, y allí el amigo se despidió. La vuelta era toda cuesta arriba, y andaban despacio.

—A lo mejor nos riñe tu madre.

—No, papá. Yo le digo que ha sido culpa mía; que me quise quedar más.

El maestro se puso a cantar, desafinando algo, una canción de la tierra, que cantaba muy a menudo, y que decía: «...aproveita a boa vida — solteiriña non te cases — aproveita a boa vida — que eu sei de alguna casada — que chora de arrepentida». La cantó muchas veces.

—Tú siempre con tu padre, bonita —dijo luego—, siempre con tu padre.

Había cinco kilómetros de Orense a San Lorenzo. El camino daba vueltas y revueltas, a la luz de la luna.

—¿Te cansas?

—No, papá.

—Tu madre estará impaciente.

Cantaban los grillos. Luego pasó uno que iba al pueblo con su carro de bueyes, y les dijo que subieran. Se tumbaron encima del heno cortado.

—¿Lo has pasado bien, reina?

—¡Uy, más bien!

Y, oyendo el chillido de las ruedas, de cara a las estrellas, Alina tenía ganas de llorar.

A Eloy, el chico del vaquero, le contó lo maravilloso que era el río. Él ya había bajado a Orense varias veces porque era mayor que ella, y hasta se había bañado en el Miño, pero la escuchó hablar como si no lo conociera más que ahora, en sus palabras.

Eloy guardaba las vacas del maestro, que eran dos, y solía estar en un pequeño prado triangular que había en la falda del monte Ervedelo. Allí le venía a buscar Alina muchas tardes, y es donde le había enseñado a leer. A veces el abuelo Santiago la acompañaba en su paseo y se quedaba sentado con los niños, contándoles las sempiternas historias de su viaje a América. Pero Alina no podía estar mucho rato parada en el mismo sitio.

—Abuelo, ¿puedo subir un rato a la peña grande con Eloy, y tú te quedas con las vacas, como ayer? Bajamos en seguida.

El abuelo se ponía a liar un pitillo.

—Claro, hija. Venir cuando queráis.

Y subían corriendo de la mano por lo más difícil, brincando de peña en peña hasta la cumbre.

¡Qué cosa era la ciudad, vista desde allí arriba! A partir de la gran piedra plana, donde se sentaban, descendía casi verticalmente la maleza, mezclándose con árboles, piedras, cultivos, en un desnivel vertiginoso, y las casas de Orense, la Catedral, el río estaban en el hondón de todo aquello; caían allí los ojos sin transición y se olvidaban del camino y de la distancia. Al río se le reconocían las arrugas de la superficie, sobre todo si hacía sol. Alina se imaginaba lo bonito que sería ir montados los dos en una barca, aguas adelante.

—Hasta Tuy, ¿qué dices? ¿Cuánto tardaríamos hasta Tuy?

—No sé.

—A lo mejor muchos días, pero tendríamos cosas de comer.

—Claro, yo iría remando.

—Y pasaríamos a Portugal. Para pasar a Portugal seguramente hay una raya en el agua de otro color más oscuro, que se notará poco, pero un poquito.

—¿Y dormir?

—No dormiríamos. No se duerme en un viaje así. Sólo mirar; mirando todo el rato.

—De noche no se mira, no se ve nada.

—Sí que se ve. Hay luna y luces por las orillas. Sí que se ve.

Nunca volvían pronto, como le habían dicho al abuelo.

—¿A ti qué te parece, que está lejos o cerca, el río?

—¿De aquí?

—Sí.

—A mí me parece que muy cerca, que casi puede uno tirarse. ¿A ti?

—También. Parece que si abro los brazos, voy a poder bajar volando. Mira, así.

—No lo digas —se asustaba Eloy, retirándola hacia atrás—, da vértigo.

—No, si no me tiro. Pero qué gusto daría, ¿verdad? Se levantaría muchísima agua.

—Sí.

El río era como una brecha, como una ventana para salir, la más importante, la que tenían más cerca.

Una tarde, en uno de estos paseos, Eloy le contó que había decidido irse a América, en cuanto fuese un poco mayor.

—¿Lo dices de verdad?

—Claro que lo digo de verdad.

Alina le miraba con mucha admiración.

—¿Cuándo se te ha ocurrido?

—Ya hace bastante, casi desde que le empecé a oír contar cosas a tu abuelo. Pero no estaba decidido como ahora. Voy a escribir a un primo que tengo allí. Pero es un secreto todo esto, no se lo digas a nadie.

—Claro que no. Te lo juro. Pero, oye, necesitarás dinero.

—Sí, ya lo iré juntando. No te creas que me voy a ir en seguida.

—Pues yo que tú, me iría en seguida. Si no te vas en seguida, a lo mejor no te vas.

—Sí que me voy, te lo juro que me voy. Y más ahora que veo que a ti te parece bien.

Alina se puso a arrancar hierbas muy de prisa, y no hablaron en un rato.

Luego dijo él:

—¿Sabes lo que voy a hacer?

—¿Qué?

—Que ya no te voy a volver a decir nada hasta que lo tenga todo arreglado y te vea para despedirme de ti. Así verás lo serio que es. Dice mi padre, que cuando se habla mucho de una cosa, que no se hace. Así que tú ya tampoco me vuelvas a preguntar nada, ¿eh?

—Bueno. Pero a ver si se te pasan las ganas por no hablar conmigo.

—No, mujer.

—Y no se lo digas a nadie más.

—A nadie. Sólo a mi primo, cuando le escriba, que no sé cuándo será. A lo mejor espero a juntar el dinero.

No volvieron a hablar de aquello. Eloy se fue a trabajar a unas canteras cercanas, de donde estaban sacando piedra para hacer el Sanatorio y se empezaron a ver menos. Alina le preguntó al abuelo que si el viaje a América se podía hacer yendo de polizón, porque imaginaba que Eloy iría de esa manera, y, durante algún tiempo, escuchó las historias del abuelo con una emoción distinta, Pero en seguida volvió a sentirlas lejos, como antes, igual que leídas en un libro o pintadas sobre un telón de colores gastados. En el fondo, todo aquello de los viajes le parecía una invención muy hermosa, pero sólo una invención, y no se lo creía mucho. Eloy no se iría; ¿cómo se iba a ir?

Muchas veces, desde el monte Ervedelo, cuando estaba sola mirando anochecer y se volvía a acordar de la conversación que tuvo allí mismo con su amigo, aunque trataba de sentir verdad que el sol no se había apagado, sino que seguía camino hacia otras tierras desconocidas y lejanas, y aunque decía muchas veces la palabra «América» y se acordaba de los dibujos del libro de Geografía, no lo podía, en realidad, comprender. Se había hundido el sol por detrás de las montañas que rodeaban aquel valle, y se consumía su reflejo en la ciudad recién abandonada, envuelta en un vaho caliente todavía. Empezaban a encenderse bombillas. Cuántas ventanas, cuántas vidas, cuántas historias. ¿Se podía abarcar más? Todo aquello pequeñito eran calles, tiendas, personas que iban a cenar. Había vida de sobra allí abajo. Alina no podía imaginar tanta. Otros países grandes y florecientes los habría, los había sin duda; pero lo mismo daba. Cuando quedaban oscurecido el valle, manso y violeta el río; cuando empezaban a ladrar los perros a la luna naciente y se apuntaba también el miedo de la noche, todo se resumía en este poco espacio que entraba por los ojos. El sol había soplado los candiles, había dicho «buenas noches»; dejaba la esperanza de verle alzarse mañana. Alina en esos momentos pensaba que tenía razón su padre, que era un engaño querer correr detrás del sol, soñarle una luz más viva en otra tierra.

Cuando cumplió los diez años, empezó a hacer el bachillerato. Por entonces, la ciudad le era ya familiar. Su madre bajaba muchas veces al mercado con las mujeres de todas las aldeas que vivían de la venta diaria de unos pocos huevos, de un puñado de judías. Alina la acompañó cuestas abajo y luego arriba, adelantar por ellos o pasando a engrosarlos, y escuchó en silencio, junto a su madre, las conversaciones que llevaban todas, mientras mantenían en equilibrio las cestas sobre la cabeza muy tiesa, sin mirarse, sin alterar el paso rítmico, casi militar. Ellas ponían en contacto las aldeas y encendían sus amistades, contaban las historias y daban las noticias, recordaban las fechas de las fiestas. Todo el cordón de pueblecitos dispersos, cercanos a la carretera, vertía desde muy temprano a estas mensajeras, que se iban encontrando y saludando, camino de la ciudad, como bandadas de pájaros parlanchines. A Alina le gustaba ir con su madre, trotando de trecho en trecho para adaptarse a su paso ligero. Y le gustaba oír la charla de las mujeres. A veces hablaban de ella y le preguntaban cosas a la madre, que era seria y reconcentrada, más amiga de escuchar que de hablar. Habían sabido que iba a ingresar la niña en el Instituto. La niña del maestro.

—Herminia, ¿ésta va a ir a Orense al Ingreso?

—Va.

—Cosas del padre, claro.

—Y de ella. Le gusta a ella.

—¿A ti te gusta, nena?

—Me gusta, sí señora.

Después, según fueron pasando los cursos, los comentarios se hicieron admirativos.

—Dicen que vas muy bien en los estudios.

—Regular.

—No. Dicen que muy bien. ¿No va muy bien, Herminia?

—Va bien, va.

Alina estudiaba con su padre, durante el invierno, y en junio bajaba a examinarse al Instituto por libre. Solamente a los exámenes de ingreso consintió que su padre asistiera. Lo hizo cuestión personal.

—Yo sola, papá. Si no, nada. Yo bajo y me examino y cojo las papeletas y todo. Si estáis vosotros, tú sobre todo, me sale mucho peor.

Se había hecho independiente por completo, oriunda del terreno, confiada, y era absolutamente natural verla crecer y desenredarse sola como a las plantas. Benjamín aceptó las condiciones de la hija. Se jactaba de ella, la idealizaba en las conversaciones con los amigos. Cada final de curso, varias horas antes del regreso de Alina, lo dejaba todo y salía a esperarla a la tienda de Manuel, que estaba mucho antes del pueblo, al comienzo de los castaños de Indias de la carretera, donde las mujeres que regresaban del mercado, en verano, se detenían a descansar un poco y a limpiarse el sudor de la frente debajo de aquella primera sombra uniforme. Casi siempre alguna de ellas, que había adelantado a Alina por el camino arriba, le traía la noticia al padre antes de que llegara ella.

—Ahí atrás viene. Le pregunté. Dice que trae sobresalientes, no sé cuántos.

—No la habrán suspendido en ninguna.

—Bueno, hombre, bueno. ¡La van a suspender!

—¿Tardará?

—No sé. Venía despacio.

Alina venía despacio. Volvía alegre, de cara al verano. Nunca había mirado con tanta hermandad y simpatía a las gentes con las que se iba encontrando, como ahora en estos regresos, con sus papeletas reción dobladas dentro de los libros. Formaban un concierto aquellas gentes con las piedras, los árboles y los bichos de la tierra. Todo participaba y vivía conjuntamente: eran partículas que tejían el mediodía infinito, sin barreras. En la tienda de Manuel se detenía. Estaba Benjamín fuera, sentado a una mesa de madera, casi nunca solo, y veía ella desde lejos los pañuelos que la saludaban.

—Ven acá, mujer. Toma una taza de vino, como un hombre, con nosotros —decía el padre, besándola.

Y ella descansaba allí, bebía el vino fresco y agrio. Y entre el sol de la caminata, la emoción, el vino y un poquito de vergüenza, las mejillas le estallaban de un rojo bellísimo, el más vivo y alegre que el maestro había visto en su vida.

—Déjame ver, anda. Trae esas papeletas.

—Déjalo ahora, papá. Buenas notas, ya las verás en casa.

—¿Qué te preguntaron en Geografía?

—Los ríos de América. Tuve suerte.

—¿Y en Historia Natural?

—No me acuerdo,... ah, sí, los lepidópteros.

—Pero deja a la chica, hombre, déjala ya en paz —intervenían los amigos.

En casa, el abuelo Santiago lloraba. No podía aguantar la emoción y se iba a un rincón de la huerta, donde Alina le seguía y se ponía a consolarle como de una cosa triste. Le abrazaba. Le acariciaba la cabeza, las manos rugosas.

—Esta vez sí que va de verdad, hija. Es la última vez que veo tus notas. Lo sé yo, que me muero este verano.

Al abuelo, con el pasar de los años, se le había ido

criando un terror a la muerte que llegó casi a enfermedad. Estaba enfermo de miedo, seco y nervioso por los insomnios. Se negaba a dormir porque decía que la muerte viene siempre de noche y hay que estar velando para espantarla. Tomaba café y pastillas para no dormir, y lloraba muchas veces, durante la noche, llamando a los de la casa, que ya no hacían caso ninguno de sus manías, y le oían gemir como al viento. Alina tenía el sueño muy duro, pero era la única que acudía a consolarle, alguna vez, cuando se despertaba. Le encontraba sentado en la cama, con la luz encendida, tensa su figurilla enteca que proyectaba una inmensa sombra sobre la pared; en acecho, como un vigía. Efectivamente, casi todos los viejos de la aldea se quedaban muertos por la noche, mientras dormían, y nadie sentía llegar estas muertes, ni se molestaban en preguntar el motivo de ellas. Eran gentes delgadas y sufridas, a las que se había ido nublando la mirada, y que a lo mejor no habían visto jamás al médico. También el abuelo había estado sano siempre, pero era de los más viejos que quedaban vivos, y él sabía que le andaba rondando la vez.

Las últimas notas de Alina que vio fueron las de quinto curso. Precisamente aquel año la abrazó más fuerte y lloró más que otras veces, tanto que el padre se tuvo que enfadar y le llamó egoísta, le dijo que aguaba la alegría de todos. Alina tuvo toda la tarde un nudo en la garganta, y por primera vez pensó que de verdad el abuelo se iba a morir. Le buscó en la huerta y por la casa varias veces aquella tarde, a lo largo de la fiesta que siempre celebraba el maestro en el comedor, con mucha gente. Merendaron empanada, rosquillas y vino y cantaron mucho. Por primera vez había también algunos jóvenes. Un sobrino del dueño del Pazo, que estudiaba primero de carrera tocaba muy bien la guitarra y cantaba canciones muy bonitas. Habló bastante con Alina, sobre todo de lo divertido que era el invierno en Santiago de Compostela, con los estudiantes. Ya, por entonces, estaba casi decidido que Alina haría la carrera de Letras en Santiago, y ella se lo dijo al chico del Pazo. Era simpático, y la hablaba con cierta superioridad, pero al mismo tiempo no del todo como a una niña. Alina lo habría pasado muy bien si no estuviera todo el tiempo preocupada por el abuelo, que había desaparecido a media tarde, después de que el maestro le había reprendido con irritación, como a un ser molesto. No le pudo encontrar, a pesar de que salió a los alrededores de la casa varias veces, y una de ellas se dio un llegón corriendo hasta el cruce de la iglesia y le llamó a voces desde allí.

Volvió el abuelo por la noche, cuando ya se habían ido todos los amigos y había pasado la hora de la cena, cuando la madre de Alina empezaba a estar también muy preocupada. Traía la cabeza baja y le temblaban las manos. Se metió en su cuarto, sin que las palabras que ellos le dijeron lograsen aliviar su gesto contraído.

—Está loco tu padre, Herminia, loco —se enfadó el maestro, cuando le oyeron que cerraba la puerta—. Debía verle un médico. Nos está quitando la vida.

Benjamín estaba excitado por el éxito de la hija y por la bebida, y tenía ganas de discutir con alguien. Siguió diciendo muchas cosas del abuelo, sin que Alina ni su madre le secundaran. Luego se fueron todos a la cama.

Pero Alina no durmió. Esperó un rato y escapó de

puntillas al cuarto del abuelo. Aquella noche, tras sus sobresalientes de quinto curso, fue la última vez que habló largo y tendido con él. Se quedaron juntos hasta la madrugada, hasta que consiguió volver a verle confiado, ahuyentado el desamparo de sus ojos turbios que parecían querer traspasar la noche, verla rajada por chorros de luz.

—No te vayas, hija, espera otro poco —le pedía a cada momento, él, en cuanto la conversación languidecía.

—Si no me voy. No te preocupes. No me voy hasta que tú quieras.

—Que no nos oiga tu padre. Si se entera de que estás sin dormir por mi culpa, me mata.

—No nos oye, abuelo.

Y hablaban en cuchicheo, casi al oído, como dos amantes.

—¿Tú no piensas que estoy loco, verdad que no?

—Claro que no.

—Dímelo de verdad.

—Te lo juro, abuelo. —Y a Alina le temblaba la voz—. Me pareces la persona más seria de la casa.

—Me dicen que soy como un niño, pero no. Soy un hombre. Es que, hija de mi alma, la cosa más seria que le puede pasar a un hombre es morirse. Hablar es el único consuelo. Estaría hablando todo el día, si tuviera quien me escuchara. Mientras hablo, estoy todavía vivo, y le dejo algo a los demás. Lo terrible es que se muera todo con uno, toda la memoria de las cosas que se han hecho y se han visto. Entiende esto, hija.

—Lo entiendo, claro que lo entiendo.

Lloraba el abuelo.

—Lo entiendes, hija, porque sólo las mujeres entienden y dan calor. Por muy viejo que sea un hombre, delante de otro hombre tiene vergüenza de llorar. Una mujer te arropa, aunque también te traiga a la tierra y te ate, como tu abuela me ató a mí. Ya no te mueves más, y ves que no valías nada. Pero sabes lo que es la compañía. La compañía de uno, mala o buena, se la elige uno.

Desvariaba el abuelo. Pero hablando, hablando le resucitaron los ojos y se le puso una voz sin temblores. La muerte no le puede coger desprevenido a alguien que está hablando. El abuelo contó aquella noche, enredadas, todas sus historias de América, de la abuela Rosa, de gentes distintas cuyos nombres equivocaba y cuyas anécdotas cambiaban de sujeto, historias desvaídas de juventud. Era todo confuso, quizá más que ninguna vez de las que habían hablado de lo mismo, pero en cambio, nunca le había llegado a Alina tan viva y estremecedora como ahora la desesperación del abuelo por no poder moverse ya más, por no oír la voz de tantas personas que hay en el mundo contando cosas y escuchándolas, por no hacer tantos viajes como se quedan por hacer y aprender tantas cosas que valdrían la pena; y comprendía que quería legársela a ella aquella sed de vida, aquella inquietud.

—Aquí, donde estoy condenado a morir, ya me lo tengo todo visto, sabido de memoria. Sé cómo son los responsos que me va a rezar el cura, y la cara de los santos de la iglesia a los que me vais a encomendar, he contado una por una las hierbas del cementerio. La única curiosidad puede ser la de saber en qué día de la semana me va a tocar la suerte. Tu abuela se murió en domingo, en abril.

—¿Mi abuela cómo era?

—Brava, hija, valiente como un hombre. Tenía cáncer y nadie lo supo. Se reía. Y además se murió tranquila. Claro, porque yo me quedaba con lo de ella —¿tú entiendes?—, con los recuerdos de ella —quiero decir—, que para alguien no se habían vuelto todavía inservibles. Lo mío es distinto, porque yo la llave de mis cosas, de mi memoria, ¿a quién se la dejo?

—A mí, abuelo. Yo te lo guardo todo —dijo Alina casi llorando—. Cuéntame todo lo que quieras. Siempre me puedes estar dando a guardar todo lo tuyo, y yo me lo quedaré cuando te mueras, te lo juro.

Hacia la madrugada, fue a la cocina a hacer café y trajo las dos tazas. Estaba desvelada completamente.

—Abuelo, dice papá que yo no me case, siempre me está diciendo eso. ¿Será verdad que no me voy a casar? ¿Tú qué dices?

—Claro que te casarás.

—Pues él dice que yo he nacido para estar libre.

—Nunca está uno libre; el que no está atado a algo, no vive. Y tu padre lo sabe. Quiere ser él tu atadura, eso es lo que pasa, pero no lo conseguirá.

—Sí lo consigue. Yo le quiero más que a nadie.

—Pero no es eso, Alina. Con él puedes romper, y romperás. Las verdaderas ataduras son las que uno escoge, las que se busca y se pone uno solo, pudiendo no tenerlas.

Alina, aunque no lo entendió del todo, recordó durante mucho tiempo esta conversación.

A los pocos días se encontró con Eloy en la carretera. Estaba muy guapo y muy mayor. Otras veces también le había visto, pero siempre de prisa, y apenas se saludaban un momento. Esta vez, la paró y le dijo que quería hablar con ella.

—Pues habla.

—No, ahora no. Tengo prisa.

—¿Y cuándo?

—Esta tarde, a las seis, en Ervedelo. Trabajo allí cerca.

Nunca le había dado nadie una cita, y era rarísimo que se la diera Eloy. Por la tarde, cuando salió de casa, le parecía por primera vez en su vida que tenía que ocultarse. Salió por la puerta de atrás, y a su padre, que estaba en la huerta, le dio miles de explicaciones de las ganas que le habían entrado de dar un paseo. También le molestó encontrarse, en la falda del monte, con el abuelo Santiago, que era ahora quien guardaba la única vaca vieja que vivía, «Pintera». No sabía si pararse con él o no, pero por fin se detuvo porque le pareció que la había visto. Pero estaba medio dormido y se sobresaltó:

—Hija, ¿qué hora es? ¿Ya es de noche? ¿Nos vamos?

—No, abuelo. ¿No ves que es de día? Subo un rato al monte.

—¿Vas a tardar mucho? —le preguntó él—. Es que estoy medio malo.

Levantaba ansiosamente hacia ella los ojos temblones.

—No, subo sólo un rato. ¿Qué te pasa?

—Nada, lo de siempre: el nudo aquí. ¿Te espero, entonces?

—Sí, espérame y volvemos juntos.

—¿Vendrás antes de que se ponga el sol?

—Sí, claro.

—Por el amor de Dios, no tardes, Adelaida. Ya sabes que en cuanto se va el sol, me entran los miedos.

—No tardo, no. No tardo.

Pero no estaba en lo que decía. Se adentró en el pinar con el corazón palpitante, y, sin querer, echó a andar más despacio. Le gustaba sentir crujir las agujas de pino caídas en el sol y en la sombra, formando una costra de briznas tostadas. Se imaginaba, sin saber por qué, que lo primero que iba a hacer Eloy era cogerle una mano y decirle que la quería, tal vez incluso a besarla. Y ella, ¿qué podría hacer si ocurría algo semejante? ¿Sería capaz de decir siquiera una palabra?

Pero Eloy sólo pretendía darle la noticia de su próximo viaje a América. Por fin sus parientes le habían reclamado, y estaba empezando a arreglar todos los papeles.

—Te lo cuento, como te prometí cuando éramos pequeños. Por lo amigos que éramos entonces, y porque me animaste mucho. Ahora ya te importará menos.

—No, no me importa menos. También somos amigos ahora. Me alegro de que se te haya arreglado. Me alegro mucho.

Pero tenía que esforzarse para hablar. Sentía una especie de decepción, como si este viaje fuera diferente de aquel irreal y legendario, que ella había imaginado para su amigo en esta cumbre del monte, sin llegarse a creer que de verdad lo haría.

—¿Y tendrás trabajo allí?

—Sí, creo que me han buscado uno. De camarero. Están en Buenos Aires y mi tío ha abierto un bar.

—Pero tú de camarero no has trabajado nunca. ¿Te gusta?

—Me gusta irme de aquí. Ya veremos. Luego haré otras cosas. Se puede hacer de todo.

—¿Entonces, estás contento de irte?

—Contento, contento. No te lo puedo ni explicar. Ahora ya se lo puedo decir a todos. Tengo junto bastante dinero, y si mis padres no quieren, me voy igual.

Le brillaban los ojos de alegría, tenía la voz segura. Alina estaba triste, y no sabía explicarse por qué. Luego bajaron un poco y subieron a otro monte de la izquierda, desde el cual se veían las canteras donde Eloy había estado trabajando todo aquel tiempo. Sonaban de vez en cuando los barrenos que atronaban el valle, y los golpes de los obreros abriendo las masas de granito, tallándolas en rectángulos lisos, grandes y blancos. Eloy aquella tarde había perdido el trabajo por venir a hablar con Alina y dijo que le daba igual, porque ya se pensaba despedir. Se veían muy pequeños los hombres que trabajaban, y Eloy los miraba con curiosidad y atención, desde lo alto, como si nunca hubieran sido sus compañeros.

—Me marcho, me marcho —repetía.

Atardeció sobre Orense. Los dos vieron caer la sombra encima de los tejados de la ciudad, cegar al río. Al edificio del Instituto le dio un poco de sol en los cristales hasta lo último. Alina lo localizó y se lo enseñó a Eloy, que no sabía dónde estaba. Tuvo que acercar mucho su cara a la de él.

—Mira; allí. Allí...

Hablaron del Instituto y de las notas de Alina.

—El señorito del Pazo dice que eres muy lista, que vas a hacer carrera.

—Bueno, todavía no sé.

—Te pone por las nubes.

—Si casi no le conozco. ¿Tú cuándo le has visto?

—Le veo en la taberna. Hemos jugado a las cartas. Hasta pensé: «A lo mejor quiere a Alina».

La miraba. Ella se puso colorada.

—¡Qué tontería! Sólo le he visto una vez. Y además, Eloy, tengo quince años. Parece mentira que digas eso.

Tenía ganas de llorar.

—Ya se es una mujer con quince años —dijo él alegremente, pero sin la menor turbación—. ¿O no? Tú sabrás.

—Sí, bueno, pero...

—¿Pero qué?

—Nada.

—Tienes razón, mujer. Tiempo hay, tiempo hay. Y Eloy se rió. Parecía de veinte años o mayor, aunque sólo le llevaba dos a ella. «Estará harto de tener novias —pensó Alina—. Me quiere hacer rabiar.»

Bajaron en silencio por un camino que daba algo de vuelta. Era violento tenerse que agarrar alguna vez de la mano, en los trozos difíciles. Ya había estrellas. De pronto Alina se acordó del abuelo y de lo que le había prometido de no tardar, y se le encogió el corazón.

—Vamos a cortar por aquí. Vamos de prisa. Me está esperando.

—Bueno, que espere.

—No puede esperar. Le da miedo. Vamos, oye. De verdad.

Corrían. Salieron a un camino ya oscuro y pasaron por delante de la casa abandonada, que había sido del cura en otro tiempo y luego se la vendió a unos señores que casi no venían nunca. La llamaban «la casa del camino» y ninguna otra casa le estaba cerca.

A la puerta, y por el balcón de madera carcomida, subía una enredadera de pasionarias, extrañas flores como de carne pintarrajeada, de mueca grotesca y mortecina, que parecían rostros de payasa vieja. A Alina, que no tenía miedo de nada, le daban miedo estas flores, y nunca las había visto en otro sitio. Eloy se paró y arrancó una.

—Toma.

—¿Que tome yo? ¿Por qué? —se sobrecogió ella sin coger la flor que le alargaba su amigo.

—Por nada, hija. Porque me voy; un regalo. Me miras de una manera rara, como con miedo. ¿Por qué me miras así?

—No; no la quiero. Es que no me gustan, me dan grima.

—Bueno —dijo Eloy. Y la tiró—. Pero no escapes.

Corrían otra vez.

—Es por el abuelo. Tengo miedo por él —decía Alina, casi llorando, descansada de tener un pretexto para justificar su emoción de toda la tarde—. Quédate atrás tú, si quieres.

—Pero ¿qué le va a pasar al abuelo? ¿Qué le puede pasar?

—No sé. Algo. Tengo ganas de llegar a verle.

—¿Prefieres que me quede o que vaya contigo?

—No. Mejor ven conmigo. Ven tú también.

—Pues no corras así.

Le distinguieron desde lejos, inmóvil, apoyado en el tronco de un nogal, junto a la vaca, que estaba echada en el suelo.

—¿Ves cómo está allí? —dijo Eloy.

Alina empezó a llamarle, a medida que se acercaba:

—Que ya vengo, abuelo. Que ya estoy aquí. No te asustes. Somos nosotros. Eloy y yo.

Pero él no gemía, como otras veces, no se incorporaba. Cuando entraron agitadamente en el prado, vieron que se había quedado muerto, con los ojos abiertos, impasibles. Las sombras se tendían pacíficamente delante de ellos, caían como un telón, anegaban el campo y la aldea.

A partir de la muerte del abuelo y de la marcha de Eloy, los recuerdos de Alina toman otra vertiente más cercana, y todos desembocan en Philippe. Es muy raro que estos recuerdos sean más confusos que los antiguos, pero ocurre así.

Los dos últimos cursos de bachillerato, ni sabe cómo fueron. Vivía en la aldea, pero con el solo pensamiento de terminar los estudios en el Instituto para irse a Santiago de Compostela. Ya vivía allí con la imaginación, y ahora, después de los años, lo que imaginaba se enreda y teje con lo que vivió de verdad. Quería escapar, cambiar de vida. Se hizo huraña y estaba siempre ausente. Empezó a escribir versos que guardaba celosamente y que hasta que conoció a Philippe no había enseñado a nadie, ni a su padre siquiera. Muchas veces se iba a escribir al jardín que rodeaba la iglesia, cerca de la tumba del abuelo. Aquello no parecía un cementerio, de los que luego conoció Alina, tan característicos. Cantaban los pájaros y andaban por allí picoteando las gallinas del cura. Estaban a dos pasos los eucaliptos y los pinos, todo era uno. Muchas veces sentía timidez de que alguien la encontrase sola en lugares así, y se hacía la distraída para no saludar al que pasaba, aunque fuese un conocido.

—Es orgullosa —empezaron a decir en el pueblo—. Se le ha subido a la cabeza lo de los estudios.

A las niñas que habían jugado con ella de pequeña se les había acercado la juventud, estallante y brevísima, como una huella roja. Vivían todo el año esperando las fiestas del Patrón por agosto, de donde muchas salían con novio y otras embarazadas. Algunas de las de su edad ya tenían un hijo. Durante el invierno se las encontraba por la carretera, descalzas, con sus cántaros a la cabeza, llevando de la mano al hermanito o al hijo. Cargadas, serias, responsables. También las veía, curvadas hacia la tierra para recoger patatas o piñas. Y le parecía que nunca las había mirado hasta entonces. Nunca había encontrado esta dificultad para comunicarse con ellas ni había sentido la vergüenza de ser distinta. Pero tampoco, como ahora, esta especie de regodeo por saber que ella estaba con el pie en otro sitio, que podría evadirse de este destino que la angustiaba. Iba con frecuencia a confesarse con don Félix y se acusaba de falta de humildad.

—Pues trabaja con tu madre en la casa, hija —le decía el cura—, haz trabajos en el campo, habla con toda la gente, como antes hacías.

Luego, rezando la penitencia, se pasaba largos ratos Alina en la iglesia vacía por las tardes, con la puerta al fondo, por donde entraban olores y ruidos del campo, abierta de par en par. Clavaba sus ojos, sin tener el menor pensamiento, en la imagen de San Roque, que tenía el ala del sombrero levantada y allí, cruzadas dos llaves, pintadas de purpurina. Le iba detallando los ojos pasmados, la boca que asomaba entre la barba, con un gesto de guasa, como si estuviera disfrazado y lo supiera. Llevaba una esclavina oscura con conchas de peregrino y debajo una túnica violeta, que se levantaba hasta el muslo con la mano izquierda para enseñar una llaga pálida, mientras que con la derecha agarraba un palo rematado por molduras. El perro que tenía a sus pies, según del lado que se le mirara, parecía un cerdo flaco o una oveja. Levantaba al santo unos ojos de agonía.

—Se me quita la devoción, mirando ese San Roque —confesaba Alina al cura—. Me parece mentira todo lo de la iglesia, no creo en nada de nada. Me da náusea.

—¡Qué cosa más rara, hija, una imagen tan milagrosa! Pero nada —se alarmaba don Félix—, no vuelvas a mirarla. Reza el rosario en los pinos como hacías antes, o imagínate a Dios a tu manera. Lo que sea, no importa. Tú eres buena, no te tienes que preocupar tanto con esas preguntas que siempre se te están ocurriendo. Baila un poquito en estas fiestas que vienen. Eso tampoco es malo a tu edad. Diviértete, hija. —Se reía—. Dirás que qué penitencia tan rara.

El maestro, que siempre había sido bastante anticlerical, empezó a alarmarse.

—Pero, Herminia, ¿qué hace esta chica todo el día en la iglesia?

—Que haga lo que quiera. Déjala.

—¿Que la deje? ¿Cómo la voy a dejar? Se nos mete monja por menos de un pelo.

—Bueno, hombre, bueno.

—Pero ¿cómo no te importa lo que te digo, mujer? Tú no te inmutas por nada. Eres como de corcho.

—No soy de corcho, pero dejo a la hija en paz. Tú la vas a aburrir, de tanto estar pendiente de lo que hace o lo que no hace.

—Pero dile algo tú. Eso son cosas tuyas.

—Ya es mayor. Díselo tú, si quieres, yo no le digo nada. No veo que le pase nada de particular.

—Sí que le pasa. Tú no ves más allá de tus narices. Está callada todo el día. Ya no habla conmigo como antes, me esconde cosas que escribe.

—Bueno, y qué. Porque crece. No va a ser siempre como de niña. Son cosas del crecimiento, de que se va a separar. Se lo preguntaré a ella lo que le pasa.

Y Alina siempre decía que no le pasaba nada.

—¿No será que estudias demasiado?

—No, por Dios, papá. Al contrario. Si eso es lo que más me divierte.

—Pues antes comías mejor, estabas más alegre, cantabas.

—Yo estoy bien, te lo aseguro.

—Verás este año en las fiestas. Este año nos vamos a divertir. Va a ser sonada, la romería de San Lorenzo.

Aquel verano, el último antes de empezar Alina la carrera, se lo pasó Benjamín, desde junio, haciendo proyectos para la fiesta del Patrón que era a mediados de agosto. Quería celebrar por todo lo alto que su hija hubiese acabado el bachillerato y quería que ella se regocijase con él, preparando las celebraciones. Pidió que aquel año le nombrasen mayordomo de la fiesta. Los mayordomos se elegían cada año entre los cuatro o cinco mejor acomodados de la aldea y ellos corrían con gran parte del gasto. En general todos se picaban y querían deslumbrar a los demás; pensaban que el San Lorenzo que patrocinaban ellos había de tener más brillo que ninguno, aunque las diferencias de unos años a otros fueran absolutamente insensibles y nadie se apercibiera de que había variado alguna cosa. El maestro, aquel año, soñaba con que su nombre y el de la hija se dijeran en Verín y en Orense.

—Nos vamos a arruinar, hombre —protestaba Herminia, cada vez que le veía subir de Orense con una compra nueva.

—Bueno, ¿y qué si nos arruinamos?

—No, nada.

Compró cientos de bombas y cohetes. Alquiló a un pirotécnico para los fuegos artificiales, que en el pueblo nunca se habían visto. Contrató a la mejor banda de música del contorno, atracciones nuevas de norias y tiovivos. Mandó adornar todo el techo del campo donde se iba a celebrar la romería con farolillos y banderas, instaló en la terraza de su propia casa un pequeño bar con bebidas, donde podía detenerse todo el mundo, a tomar un trago gratis.

—El maestro echa la casa por la ventana —comentaban.

—La echa, así.

Días antes había bajado a la ciudad con Adelaida y había querido comprarle un traje de noche en una tienda elegante. La llevó al escaparate con mucha ilusión. Era azul de glasé y tenía una rosa en la cintura.

—Que no, papá. Que yo eso no me lo pongo, que me da mucha vergüenza a mí ponerme eso. No te pongas triste. Es que no puedo, de verdad. Anda, vamos.

—Pero ¿cómo «vamos»? ¿No te parece bonito?

—Muy bonito, sí. Pero no lo quiero. No me parece propio. Compréndelo, papá. Te lo agradezco mucho. Parece un traje de reina, o no sé.

—Claro, de reina. Para una reina.

No lo podía entender. Insistía en que entrase a

probárselo para que se lo viese él puesto, por lo me-nos unos instantes. Pero no lo consiguió. Terminaron en una de aquellas tiendas de paños del barrio antiguo, hondas y solitarias como catedrales, y allí se eligió Alina dos cortes de vestido de cretona estampada que le hizo en tres días la modista de la aldea. Volvieron muy callados todo el camino, con el paquete.

No fueron para Alina aquellas fiestas diferentes de las de otros años, más que en que se tuvo que esforzar mucho para esconder su melancolía, porque no quería nublar el gozo de su padre. No sabía lo que le pasaba, pero su deseo de irse era mayor que nunca. Se sentía atrapada, girando a disgusto en una rueda vertiginosa. Se reía sin parar, forzadamente, y a cada momento se encontraba con los ojos del padre que buscaban los suyos para cerciorarse de que se estaba divirtiendo. Bailó mucho y le dijeron piropos, pero de ningún hombre le quedó recuerdo.

—Ya te estaba esperando a ti en esa fiesta —le dijo a Philippe poco tiempo más tarde, cuando le contó cosas de este tiempo anterior a su encuentro—. Era como si ya te conociera de tanto como te echaba de menos, de tanto como estaba reservando mi vida para ti.

Benjamín perdió a su hija en aquellas fiestas, a pesar de que Philippe, el rival de carne y hueso, no hubiese aparecido todavía. Pero no se apercibió. Anduvo dando vueltas por el campo de la romería, de unos grupos a otros, desde las primeras horas de la tarde, y estaba orgulloso recibiendo las felicitaciones de todo el mundo. Descansaba del ajetreo de los días anteriores.

La romería se celebraba en un soto de castaños y

eucaliptos a la izquierda de la carretera. Los árboles eran viejos, y muchos se secaban poco a poco. Otros los habían ido cortando, y dejaron el muñón de asiento para las rosquilleras. Las que llegaban tarde se sentaban en el suelo, sobre la hierba amarillenta y pisoteada, y ponían delante la cesta con la mercancía. En filas de a tres o cuatro, con pañuelos de colores a la cabeza. Vendían rosquillas de Rivadavia, peras y manzanas, relojitos de hora fija, pitos, petardos. Estaban instaladas desde por la mañana las barcas voladoras pintadas de azul descolorido y sujetas por dos barras de hierro a un cartel alargado, donde se leía: «LA ALEGRÍA — ODILO VARELA». Otros años las ponían cerca de la carretera, y a Odilo Varela, que ya era popular, le ayudaban todos los niños del pueblo trayendo tablas y clavos. Pero esta vez habían venido también automóviles de choque y una noria, y las barcas voladoras pasaron a segundo término.

También desde por la mañana, muy temprano, habían llegado los pulperos, los indispensables, solemnes pulperos de la feria. Este año eran tres. El pulpero era tan importante como la banda de música, como la misa de tres curas, como los cohetes que estremecían la montaña. Los chiquillos rondaban los estampidos de los primeros cohetes para salir corriendo a buscar la vara. Y también acechaban la llegada del primer pulpero para salir corriendo por la aldea a dar la noticia. El pulpero, entretanto, preparaba parsimoniosamente sus bártulos, consciente de la dignidad de su cargo, de su valor en la fiesta. Escogía, tras muchas inspecciones del terreno, el lugar más apropiado para colocar la inmensa olla de hierro renegrido. La cambiaba varias veces. Un poco más arriba. Donde diera menos el aire.

Una vez asentada definitivamente, sobre sus patas, la llenaba de agua y amontonaba debajo hojas secas, ramas y cortezas que iba juntando y recogiendo con un palo. A esto le ayudaban los chiquillos, cada vez más numerosos, que le rodeaban. Luego prendía la hoguera, y, cuando el agua empezaba a hervir, sacaba el pulpo para echarlo a la olla. Éste era el momento más importante de la ceremonia, y ya se había juntado mucha gente para verlo. El pulpo seco como un esqueleto, con sus brazos tiesos llenos de arrugas, se hundía en el agua para transformarse. El pulpero echaba un cigarro, y contestaba sin apresurarse a las peticiones de las mujeres que se habían ido acercando y empezando a hacerle encargos, mientras, de vez en cuando, revolvía dentro de la olla con su largo garfio de hierro. El caldo del pulpo despedía por sus burbujas un olor violento que excitaba y alcanzaba los sentidos, como una llamarada.

Por la tarde, este olor había impregnado el campo y se mezclaba con el de anguilas fritas. También venían de cuando en cuando, entre el polvo que levantaban las parejas al bailar, otras ráfagas frescas de olor a eucaliptos y a resina. Alina las bebía ansiosamente, respiraba por encima del hombro de su compañero de baile, miraba lejos, a las copas oscuras de los pinos, a las montañas, como asomada a una ventana.

—Parece que se divierte tu chica —le decían al maestro los amigos.

—Se divierte, sí, ya lo veo. No deja de bailar. Y lo que más me gusta es que baila con todos. No está en edad de atarse a nadie.

—Se atará, Benjamín, se atará.

—Pero hay tiempo. Ahora, en octubre va a la Universidad. Hará su carrera. Buena gana tiene ella de pensar en novios. Ésta sacará una oposición, ya lo veréis. Le tiran mucho los estudios.

Desde la carretera hasta donde estaba el templete de los músicos, con su colgadura de la bandera española, todo el campo de la romería estaba cuajado a ambos lados de tenderetes de vinos y fritangas, con sus bancos de madera delante, y sobre el mostrador se alineaban los porrones de vino del Ribero y las tacitas de loza blanca, apiladas casi hasta rozar los rabos de las anguilas que pendían medio vivas todavía, enhebradas de diez a doce por las cabezas. El maestro no perdía de ojo a la chica, ni dejaba de beber; se movía incesantemente de una parte a otra. Alina sonreía a su padre, cuando le pasaba cerca, bailando, pero procuraba empujar a su pareja hacia la parte opuesta para esquivar estas miradas indagadoras que la desasosegaban. Contestaba maquinalmente, se reía, giraba. («Bailas muy bien.» «Perdona, te he pisado.» «¿Y vas a ser maestra?») Se dejaba llevar, entornando los ojos. A veces tropezaba con una pareja de niñas que se ensayaban para cuando mozas, y que se tambaleaban, mirándolas muerta de risa. Anochecía. Los niños buscaban los pies de los que bailaban con fuegos y petardos, y después escapaban corriendo. Ensordecía el chillido de los pitos morados que tienen en la punta ese globo que se hincha al soplar y después se deshincha llorando. Casi no se oía la música. Cuando se paraba, sólo se enteraba Alina porque su compañero se paraba también. Se soltaban entonces.

—Gracias.

—A ti, bonita.

Y el padre casi todas las veces se acercaba entonces para decirle algo, o para llevársela a dar una vuelta por allí con él y los amigos, hasta que veía que los músicos volvían a coger los instrumentos. La llevó a comer el pulpo, que pedía mucho vino. Le divertía a Benjamín coger él mismo la gran tijera del pulpero y cortar el rabo recién sacado de la olla. Caían en el plato de madera las rodajitas sonrosadas y duras, por fuera con su costra de granos amoratados. El pulpero las rociaba de aceite y pimentón.

—Resulta bien esto, ¿eh, reina?

—Sí, papá.

—Me gusta tanto ver lo que te diviertes. ¿Ves?, ya te lo decía yo que ibas a bailar todo el tiempo.

—Sí, bailo mucho.

—Es estupenda la banda, ¿verdad? Mejor que ningún año.

—Sí que es muy buena, sí.

Pero la banda era igual que siempre, con aquellos hombres de azul marino y gorra de plato, que de vez en cuando se aflojaban la corbata. Alina hubiera querido escucharles sin tener que bailar. Todo lo que tocaban parecía lo mismo. Lo transformaban, fuera lo que fuera, en una charanga uniforme que no se sabía si era de circo o de procesión. Porque pasaba por ellos; le daban un conmovedor aire aldeano. Lo mismo que saben casi igual los chorizos que las patatas, cuando se asan en el monte con rescoldo de eucaliptos, así se ahumaban los pasodobles y los tangos al pasar por la brasa de la romería. Esta música fue la más querida para Alina y nunca ya la olvidó. Y, sin saber por qué, cuando pasó el tiempo la asoció, sobre todo, a la mirada que tenía un cordero que rifaron cuando ya era de noche. Ella y su padre habían cogido papeletas para la rifa, y estaban alrededor esperando a que se sortease. El animal se escapó, balando entre la gente, y no lo podían coger con el barullo. Cuando por fin lo rescataron, se frotaba contra las piernas de todos y los miraba con ojos tristísimos de persona. A Alina toda la música de la fiesta se le tiñó de la mirada de aquel cordero, que le pareció lo más vivo e importante de la fiesta, y que en mucho tiempo no pudo olvidar tampoco.

En los primeros días de soledad e inadaptación que pasó al llegar a Santiago, todos estos particulares de la aldea recién abandonada los puso en poemas que luego entusiasmaron a Philippe. Él, que venía a encontrar colores nuevos en el paisaje de España y a indignarse con todo lo que llamaba sus salvajismos, se sintió atraído desde el principio por aquella muchacha, salvaje también, casi una niña, que poco a poco le fue abriendo la puerta de sus recuerdos. Una muchacha que nunca había viajado, a la que no había besado ningún chico, que solamente había leído unos cuantos libros absurdos; romántica, ignorante, y a la que sin embargo, no se cansaba uno de escuchar.

—Pero es terrible eso que me cuentas de tu padre.

—¿Terrible por qué?

—Porque tu padre está enamorado de ti. Tal vez sin darse cuenta, pero es evidente. Un complejo de Edipo.

—¿Cómo?

—De Edipo.

—No sé, no entiendo. Pero dices disparates.

—Te quiere guardar para él. ¿No te das cuenta? Es monstruoso. Hay cosas que sólo pasan en España.

Ese sentido de posesión, de dependencia. Te tienes que soltar de tus padres, por Dios.

Philippe se había ido de su casa desde muy pequeño. No tenía respeto ninguno por la institución familiar. Desde el primer momento comprendió Alina que con sus padres no podría entenderse, y por eso tardó mucho en hablarles de él, cuando ya no tuvo más remedio porque iba a nacer el pequeño Santiago.

Pero, aunque esto solamente ocurrió a finales de curso, ya en las primeras vacaciones de Navidad, cuando Alina fue a la aldea, después de demorarse con miles de pretextos, comprendió Benjamín que existía otra persona que no era él; que Alina había encontrado su verdadera atadura. Y tanto miedo tenía de que fuera verdad, que ni siquiera a la mujer le dijo nada durante todo el curso, ni a nadie; hasta que supieron aquello, de repente, lo del embarazo de la chica, y se hizo de prisa la boda.

Así que Adelaida no llegó a dar ni siquiera los exámenes de primero. Aquellos cursos que no llegaron a correr, toda la carrera de Alina, se quedó encerrada en los proyectos que hizo su padre la última vez que habló con ella de estas cosas, cuando fue a acompañarla en octubre a la Universidad. Hicieron el viaje en tren, una mañana de lluvia. Alina estaba muy nerviosa y no podía soportar las continuas recomendaciones con que la atosigaba, queriendo cubrirle todos los posibles riesgos, intentando hacer memoria para que en sus consejos no quedase ningún cabo por atar. En los silencios miraban los dos el paisaje por la ventanilla pensando en cosas diferentes.

Benjamín no había ido nunca a Santiago, pero tenía un amigo íntimo, en cuya pensión se quedó Alina.

—Dale toda la libertad que a los otros, Ramón, pero entérate un poco de la gente con quien anda y me escribes.

—Bueno, hombre, bueno —se echó a reír el amigo—. Tengo buena gana. La chica es lista, no hay más que verla. Déjala en paz. Se velará ella sola.

Y a Benjamín le empezó a entrar una congoja que no le dejaba coger el tren para volverse.

—Pero papá, mamá te está esperando.

—¿Es que te molesto, hija?

—No. Pero estás gastando dinero. Y yo ya estoy bien aquí. Ya voy a las clases. Ni siquiera puedo estar contigo.

Se demoró casi una semana. El día que se iba a marchar, dieron un paseo por la Herradura antes de que Alina le acompañase al tren. Aquellos días habían hablado tanto de las mismas cosas, que ya no tenían nada que decirse. Por primera vez en su vida, Alina vio a su padre desplazado, inservible, mucho más de lo que había visto nunca al abuelo Santiago. Luchaba contra aquel sentimiento de alivio que le producía el pensamiento de que se iba a separar de él. En la estación se echó a llorar, sin asomo ya de entereza, se derrumbó sollozando en brazos de la hija que no era capaz de levantarle, que le tuvo que empujar para que cogiera el tren casi en marcha.

—Pero no te pongas así, papá. Si vuelvo en Navidades. Y además os voy a escribir. Son dos meses, total, hasta las Navidades.

Alrededor de quince días después de esta despedida, Alina conoció a Philippe.

Ha empezado a llover sobre el río. Menudos alfilerazos sobre el agua gris. Alina se levanta. Tiene las piernas un poco entumecidas, y muchas ganas de tomarse un café. Y también muchas ganas de ver a Philippe. Ahora hace frío.

Camino de casa, compra una tarjeta, y en el bar donde entra a tomar el café pide prestado un bolígrafo y, contra el mostrador, escribe:

«Queridos padres: os echo mucho de menos. Estamos contentos porque nos han hablado, hoy, de un apartamento más grande y seguramente lo podremos coger para la primavera. Santiago está mejor y ya no tose. Philippe ha empezado a trabajar mucho para la exposición que va a hacer. Casi no hablamos cuando estuvisteis aquí, siempre con el impedimento de los niños y del quehacer de la casa. Por eso no os pude decir cuanto quiero a Philippe, y a lo mejor no lo supisteis ver en esos días. Os lo explico mejor por carta. Ya os escribiré largo.

»Estoy alegre. He salido a buscar el pan y se está levantando la mañana. Pienso en lo maravilloso que será para los niños ir a San Lorenzo y ver las casas de Orense desde Ervedelo. Iremos alguna vez. Pronto. Os abraza. Alina.»

Le corre una lágrima, pero se aparta para que no caiga encima de lo escrito. Levanta los ojos y va a pagar al camarero, que la está mirando con simpatía.

—*Ça ne vaut pas la peine de pleurer, ma petite* —le dice al darle el cambio.

Y ella sonríe. Le parece que es un mensaje de Eloy, su amigo, desde un bar de Buenos Aires.

Benjamín se despertó con la cara mojada de lluvia y miró alrededor, aturdido. De pie, a su lado, estaba Herminia, con un gran paraguas abierto.

—Vamos a casa, anda —le dijo—. Sabía que te iba a encontrar aquí.

Benjamín se frotó los ojos. Se incorporó. Le dolía la espalda de dormir sobre la piedra.

—¿Qué hora es? —preguntó.

—Las tres de la tarde. Tienes la comida allí preparada y la cama hecha, por si quieres descansar. He aireado bien el cuarto.

—No, no. Debo haber dormido aquí bastante, era por la mañana cuando me dormí. Y hacía sol.

Miró abajo, cuando se levantaba. Ahora estaba gris Orense, gris el río. La lluvia era mansa y menuda.

—Vamos.

Bajaron del monte despacio.

—Mira que haberte quedado dormido en la peña —dijo ella—. Para haberte caído rodando. Estás loco.

—Anda, anda, ten cuidado donde pisas y deja los sermones. Siempre te tengo que encontrar detrás de mí.

No volvieron a hablar, atentos a no resbalar en la bajada. Al llegar al camino llovía más fuerte, y se juntaron los dos dentro del paraguas.

—A ver si no he hecho bien en venir. Para que luego empieces con los reumas como el otro invierno. Si no hubiera visto que se nublaba, no hubiera venido, no. Al fin, ya sé dónde te voy a encontrar cuando te pierdas.

—Bueno, ya basta. Has venido. Está bien, mujer.

Pasaron por el sitio donde Benjamín se había encontrado al cura. Dejaron atrás el prado donde se había quedado muerto el abuelo.

—Qué manía me está entrando con dormir por el día, Herminia. ¿Por qué será? Me parece que duermo más amparado si hay luz y se oyen ruidos. Tanto como me metía con tu padre, y me estoy volviendo como él.

—Qué va, hombre. Qué te vas a estar volviendo como él.

—Te lo digo de verdad que sí. Estoy viejo. Antes me he encontrado con don Félix y casi he estado amable. Me daba pena de él. Me parecía tan bueno.

—Siempre ha sido bueno.

—¡Pero no entiendes nada, rayo, qué tiene que ver que siempre haya sido bueno! A mí antes me ponía nervioso, lo sabes, no le podía ni ver. Y ahora casi me dan ganas de ir a misa el domingo. Tengo miedo a morirme. Como tu padre.

Cuando llegaron al sendero que llevaba a la parte trasera de la casa, por donde había venido, Benjamín se quiso desviar y tomarlo de nuevo.

—No, hombre —se opuso la mujer—. Vamos por la carretera. Debajo de los castaños nos mojamos menos. ¿No ves que está arreciando? Estamos a un paso.

—No se que te diga, es que...

—Es que, ¿qué?

—Nada, que a lo mejor nos encontramos a alguien, y nos preguntan del viaje, y eso.

—¿Y qué pasa con que nos pregunten? Si nos preguntan, pues contestamos. No sé qué es lo que tenemos que esconder. ¿Que si está bien la hija? Que sí. ¿Que si son guapos los nietos? Que sí. ¿Que si se lleva bien con el yerno?...

—Bueno, venga —cortó el maestro—. Cállate ya. Vamos por donde quieras y en paz.

Del muro que terminaba, a la entrada de la carretera, salió volando un saltamontes y les pasó rozando por delante.

—Buenas noticias —dijo Herminia—. A lo mejor nos mandan a los niños este verano. ¿Tú qué dices?

—Nada, que yo qué sé. Cualquiera sabe lo que pasará de aquí al verano. Nos podemos haber muerto todos. O por lo menos tú y yo.

—¿Tú y yo, los dos juntos? ¿Nada menos? Pues si que das unos ánimos. Muérete tú, si quieres, que yo no tengo gana de morir todavía.

Sacaba Herminia una voz valiente y tranquila que el maestro le conocía muy bien.

—Desde luego, Herminia —dijo; y estaba muy serio—, no me querría morir después que tú. Sería terrible. De verdad. Lo he pensado siempre.

—Pero bueno, será lo que Dios quiera. Y además, cállate ya. Qué manía te ha entrado con lo de morirse o no morirse.

—Es que sería terrible. Terrible.

Sonaba la lluvia sobre los castaños de Indias que les cubrían como un techo. Ya llegando a la casa, el maestro dijo:

—No me voy a acostar. No dejes que me acueste hasta la noche. A ver si cojo el sueño por las noches otra vez. Me estoy volviendo como tu padre, y ahora que va a venir el invierno, me da mucho miedo. No quiero, Herminia, no quiero. No me dejes tú. Al verano le tengo menos miedo, pero el invierno...

—Tendremos que empezar a hacer el gallinero— dijo ella.

TENDRÁ QUE VOLVER

—Lucía, ¿ha merendado el señorito Tiqui?

(Su verdadero nombre era Juan, pero todos le llamaban Tiqui. Era un nombre que para los padres tenía algún significado lejano y sentimental. Mamá, algunas veces, al pronunciarlo, ponía un mohín de novia y se quedaba mirando al padre a través de la mesa, y se sonreían. Y él se sentía a disgusto dentro de aquel nombre mimoso y reducido. A Lucía le había pedido: «Tú, llámame Juan, ¿quieres?; me llamas Juan». Se lo había dicho con voz de secreto, después de muchos días de no atreverse; y ella le había contestado: «Sí, señorito Juan, como quiera; a mí me da lo mismo». Y se había ido a la cocina, y él había llorado de rabia.)

—No, señora; no ha merendado. Le he entrado la bandeja con el té y ha dicho que no tenía ganas. Se lo he dejado allí.

—¿Qué está haciendo?

—Nada; me ha pedido que le arrime la cama al balcón, y está así, quieto, mirando la calle.

La madre suspira, tal vez un poco demasiado fuerte.

—Tráiganos las tostadas a nosotras.

Luego, cuando la doncella se ha ido, se vuelve hacia su amiga y mueve la cabeza, como si continuara el suspiro. Es una amiga antigua, la amiga de los años del colegio, acostumbrada, casi profesionalmente, a tomar tazas de té con otras mujeres, junto a la lámpara de luz íntima y verde; a escuchar confidencias entre sorbo y sorbo. Es joven todavía, rubia, espiritual; lleva un lindo sombrero.

—Pobre Clara —le dice—; quisiera poder ayudarte.

Juan, desde el cuarto contiguo, oye el ruido de la cucharilla, el apagado cuchicheo de las voces. Debe ser esa amiga de mamá con los labios pintados de escarlata, que a veces le ha besado en el aire, cerca de la oreja, y le ha dicho «tesoro»; y a él le ha parecido una palabra cara, fría, lujosa; el nombre de un perfume. Mira a la calle, se le llenan los ojos de las luces de afuera. Sabe muy bien que están hablando de él, pero le da lo mismo. Con tal de que no entren, con tal de que le dejen pasar su tarde en paz. Se sabe de memoria lo que hablan, y a veces no lo entiende.

«Ha tenido de todo —suele decir la madre—. Se lo hemos dado todo.»

El caballo tripudo, el uniforme de marino, las pistolas, los soldados, el balancín; casi intactos arriba, en el desván. Los niños del doctor Costas ponían un gesto de desprecio y decían que sus juguetes eran mejores. Los niños del doctor Costas traían siempre las rodillas muy limpias y le besaban la mano a mamá; hablaban de campeonatos de esquí y de carreras de caballos. Y él se callaba. Porque él, cuando fuese mayor, quería ser tranviario. Se habían reído hasta las lágrimas el día que lo dijo; por eso no volvió a decir más y se afianzó a solas en su decisión.

La única vez que Juan ha montado en tranvía fue con Paula, la cocinera, para llevar un recado al ebanista, cerca de la Plaza de Toros. Era invierno, ya casi por la noche. Subían y bajaban muchas gentes enrojecidas de frío, se soplaban los dedos, se tropezaban, se decían bromas en voz muy alta. Las calles se apretaban como una envoltura contra el tranvía amarillo y, cerrando los ojos, eran rojas también; luego, al volver a abrirlos, se movían lentamente, allí afuera, igual que en una película muda, a través de los cristales empañados. Dos hombres reñían por algo de camiones, y uno de ellos, mientras hablaba, comía castañas y tiraba las cáscaras al suelo; una mujer sentada daba de mamar a su niño; en la plataforma había novios que estaban con las caras muy cerca y se abrazaban fuerte en las paradas. Todos iban juntos, revueltos —y también Paula y él a aquel recado— perdidos a la deriva por los largos pasillos de la ciudad. Los llevaba el hombre que estaba de pie junto a la manivela; los iba llevando en zigzag calles abajo, sorteando las altas fachadas como hacia una desembocadura.

Juan se olvidó absolutamente de su casa, y le parecía que ya nunca tendría que volver. Después, aquella noche se la pasó con los ojos abiertos, oyendo desde la cama el rechinar de los tranvías, imaginando su incierto avanzar. Los tranviarios no tienen casa; no tienen que volver a casa. Se pasan la noche libres y enhiestos navegando la ciudad, arrastrando su coche a lo mejor vacío. Desde aquel día, los miraba como a hermanos mayores. Aquellos hombres, serios y alertas, del uniforme oscuro, que oteaban la calle a través del cristal con su colilla pegada a los labios y la manivela firme entre los dedos, de pie en la misma proa del tranvía, le parecían los caudillos de todo un pueblo heterogéneo y fugaz.

Juan mira los tranvías esta tarde. El 49 tiene la parada ahí mismo, enfrente de su balcón. Lo están esperando un manojo de niños con carteras; se ríen, han sacado las meriendas, llevan los abrigos desabrochados. Uno tiene una naranja y se pone a pelarla despacio, complaciéndose; Juan imagina el zumillo amargo de la cáscara pringando los dedos sucios de tinta. Es noviembre; los niños que van al colegio compran tinteros y naranjas, estrenan zapatos para la lluvia. Ahora, cuando llegue el tranvía, se subirán todos en racimo, empujándose, y se irán calle abajo, y se quedarán en distintas esquinas. Se dirán adiós. Será una despedida atropellada y gozosa la de estos niños de las carteras, cada cual por su bocacalle —hale, hale— debajo de los faroles, arrimado a la pared.

—Tal vez ha sido un error que no lo hayáis mandado nunca al colegio —dice la amiga rubia.

Y adelanta el cuerpo hacia la mesita para coger un pedazo de pastel de manzana.

—Pero, Rosina, si esta criatura, tú no sabes, es un problema...; espera, yo te lo partiré...; un completo problema. Tendría roces con todos en un colegio; le entraría un amor horrible por el niño más desobediente y más salvaje. por el que nadie quisiese mirar a la cara. Tenerle aislado es la mejor manera posible; ya ves tú si Alfredo y yo lo habremos hablado veces...

—Ya basta, gracias, no me partas más... Claro, desde luego eso nadie mejor que vosotros; pero yo creo, fíjate, que en un colegio bueno, tantos como hay, eso sería cuestión de enterarse; por ejemplo, donde van los niños de Aurelia; yo se lo puedo preguntar a ella, si quieres...

—¡Qué sé yo! Porque es que tampoco es inteligente. El profesor particular se ve negro para interesarle por las cosas. Y el caso es que se pasa las horas muertas él solo en su cuarto y nunca se aburre; pero todo le da igual, no tiene apego ni afición a nada.

Clara habla con voz desencantada, la cabeza inclinada hacia la taza de té. Rosina mira a los cristales, donde han empezado a rebotar unas gotas pequeñas.

Llueve menudo. Debe de hacer frío. La gente se cruza a buen paso, con las manos en los bolsillos. En la acera de enfrente refulge el escaparate de la mantequería con sus confusos y atrayentes brillos de frutas en almíbar, de botellas y latas de conserva. La mantequería da una luz azul como de luna, y en torno, la calle se vuelve más negra. Por lo negro, saliendo de la luz, le parece a Juan que andan sueltos unos rostros pequeños de diablo, que guiñan los ojos, se amontonan y se escapan haciendo piruetas. No se sabe si son rostros, o tachuelas luminosas, o burbujas; se aprietan contra las siluetas de los transeúntes y las vuelven borrosas y fantásticas. Juan se coge el pulso, lo mismo que apretando un animal pequeño. «Ya me está subiendo.» Y lo piensa lleno de excitación, como si estuviera a las puertas de un campeonato. Le gustaría que la fiebre tuviera un acelerador y poderlo pisar más y más, hasta lo hondo, hasta que el caballo blanco se estrellara con él encima; la fiebre es un caballo blanco.

De pronto el pulso corre más de prisa. Enfrente, al otro lado de la calle, un hombre se ha parado delante del escaparate de la mantequería. Un hombre pequeñito, sin abrigo. Juan se incorpora en la cama y contiene el aliento. Las burbujas brillantes con risa de diablo le resbalan al hombre por la espalda; tiene los hombros estrechos, la cabeza pequeña y aquel mismo gesto desamparado. Juan clava sus ojos húmedos y ansiosos en esta figura, acechando su más leve movimiento. ¿Será él...? No se vuelve... Se parece; si le pudiera ver la cara. A lo mejor se va; a lo mejor no lo va a distinguir bien desde aquí arriba... El hombre ha hecho un movimiento como para separarse del escaparate y echar a andar... Súbitamente salta de la cama, abre los cristales y se asoma al balcón, inclinando medio cuerpo sobre los barrotes.

—¡Andrés! —llama con todas sus fuerzas—. ¡Andrés!

La voz se empaña contra el frío de la noche que viene, se enreda con los hilos de la luz, con el chirrido de las ruedas, choca contra la gente, se fragmenta en añicos. El hombre del escaparate se vuelve para cruzar la calle y Juan ve su rostro desconocido y ajeno. No, no era. Tampoco vendrá hoy. Se deja escurrir hasta quedar sentado en el balcón, con las manos cogidas a los hierros; mira las luces movedizas del bulevar como desde una jaula alta. Luego retrocede hasta apoyarse en el muro de la fachada, se abraza las rodillas y esconde la cara en los brazos. La lluvia le entra por la nuca, espalda abajo y le consuela.

—Y además la salud... que, ¿quién lo manda fuera en días de lluvia y de frío? Está pachucho desde la recaída del invierno.

—Mujer, también fue lástima, con lo bien que quedó cuando la meningitis.

La madre ha levantado los ojos de su taza. Tiemblan un poco las hojas del balcón.

—Pues ya ves, por su culpa; desde aquella tarde, ya te conté, cuando desapareció de casa en busca del amigo dichoso, y a la noche se lo encontró el chófer en un café de Alberto Aguilera, desde entonces le han vuelto las fiebres.

Rosina se sonríe; se acomoda mejor en el sofá.

—Mira que fue famoso aquello del amigo. Oye, y por fin ¿qué?, ¿habéis llegado a verlo?

—Bueno, mujer; échale un galgo. En volver va a estar pensando el tipo, figúrate qué lote, unos zapatos nuevos de Alfredo, dos camisas y el abrigo forrado de gamuza, cuando se viera en la escalera le parecería mentira... Ah, y la colección de sellos, que eso lo hemos sabido luego. Vamos, que este niño está mal de la cabeza, cada vez que lo pienso... ¿Y la perra que ha cogido con que tiene que volver porque se lo prometió?; tú no sabes, le espera siempre, dice que si no vuelve es porque le ha pasado algo... ya ves tú lo que le va a pasar.

Rosina ha encendido un pitillo. Se ríe con la cabeza en el respaldo.

—En medio de todo, a mí me hace una gracia enorme tu chico. Ese mismo episodio del hombre, no me digas que no es genial. ¿Con quién lo comentaba yo el otro día, que se morían de risa...? No me acuerdo, mujer, con quién era...; es divertidísimo, desde luego. Pero lo que yo digo, el hombre ¿porque vendría aquí precisamente?

—Ah, eso nada, como a otro sitio cualquiera. ¿No

ves que será uno de tantos frescos que se dedican a eso? Además, que cuando Tiqui lo vio por la mirilla, igual no pensaba llamar en este piso; se le ocurriría entonces el golpe, al verle a él tan propio.

—Pero, y los porteros, ¿cómo le verían subir?

—Eso dicen, hija; nadie le vio. La única, Lucía, que cuando fue a llevarle la merienda al niño notó que tenía la llave echada, pero cómo se iba a figurar ella que no estaba solo, como se encierra tantas veces a pintar y a hacer inventos raros; pues nada, ni le chocó.

—Y Tiqui, ¿qué haría por el pasillo, para abrirle a él?

—Yo qué sé, juegos suyos, manías; desde muy pequeño le daba por andar en el vestíbulo y asomarse en cuanto oía ruido en la escalera, siempre estaba empinado a la mirilla, le encanta. Con eso se divierte y se pone a imaginar historias y fantasías. Así que al toparse con el hombre éste parado en el rellano, y preguntarle que qué hacía, y el otro echarse a llorar y demás, pues no te digo, lo propio; lo metió en su cuarto toda la tarde, y la luna que le hubiera pedido. Y como nosotros no estábamos.

—Pero ya ves, es noble, te lo contó todo en seguida. Otro se hubiera callado, hasta que descubrieran que faltaba la ropa.

—Ah, no, en cuanto vine a casa; si él estaba orgullosísimo, entusiasmado con el hallazgo del amigo; lo que menos pensaba es que le iba yo a reñir; uf, menudo entusiasmo: que nunca había visto a nadie tan bueno, que qué ojos tenía, que era un santo. Y no te puedes figurar lo que lloró cuando yo le dije que se despidiera de volver a verle porque era un estafador vulgar y corriente. ¡Huy, Dios mío! Nunca se lo hubiera dicho... No, espera, ya no hay; que nos traigan más té. Llama a ese timbre tú que estás más cerca, si haces el favor.

Rosina alarga hacia la pared una mano blanca rematada por uñas primorosas.

Dice:

—De todas maneras, chica, es que hay que andar con cien ojos, ¿eh? Ya no puede estar uno seguro ni en su propia casa. Porque es que a cualquier niño de buenos sentimientos que le pesque uno así y le meta esa historia de que le ha salido un trabajo y que no tiene ropa para presentarse decente... vamos, que te digo yo que cualquiera haría lo mismo.

—No, si estamos de acuerdo. Si el que le abriera la puerta y le diera la ropa de su padre y se creyera todos los camelos que el otro le quisiera contar, hasta ahí, vaya, mala suerte. Si lo que yo encuentro anormal es esa terquedad suya de esperarle un día y otro, y de ponerse triste, y salir a buscarle, como esa vez que te digo. ¿Y tú sabes el rencor que me guarda a mí porque le dije que era un estafador?

Ha arreciado la lluvia. Ahora las gotas del cristal se alcanzan unas a otras y forman canalillos que se entrecruzan. Rosina las mira bajar, con ojos perezosos, a través del humo de su pitillo.

—De todas formas, Clara, a mí me parece que exageras un poco con el chico. Todos los niños hacen travesuras; tampoco te gustaría tener en casa al perfecto Jaimito.

—Esto no son travesuras, mujer; qué más quisiera yo. Las travesuras son una cosa alegre... Pero ¿qué hace esta chica que no viene? A ver si echa las persianas y la cortina, ¿te has dado cuenta qué chaparrón?

Suenan furiosamente las gotas en la calle. Rosina

se pone de pie y se acerca al balcón. La mujer de los periódicos ha sacado un hule negro y está tapando todo el manojo. Pasan unas muchachas corriendo; alcanzan un portal y se sacuden el pelo.

—Ya no me puedo ir hasta que escampe. Debe de hacer un frío.

Se retira de los cristales y se arrima al radiador.

—Naturalmente, qué disparate. Te esperas a que venga Alfredo y él te acompañará en el coche.

—Bueno, estupendo; si no le importa. ¡Qué bien se os pone la calefacción, oye!; la de casa...

—Señora, por favor, señora...

Ahora las dos se vuelven a la puerta. Lucía la ha abierto de repente, y está quieta, sin avanzar, con la mano en el picaporte. Trae una cara apurada.

—¿Qué le pasa? ¿Por qué no venía usted? ¿No oía que llamábamos?

Lucía rompe a hablar entrecortadamente, moviendo mucho las manos:

—Verá, señora... es que me da por asomarme primero a la habitación del señorito, por si acaso era él, como no había querido la merienda... cuando abro la puerta y a lo primero no le veía, ¡ay qué susto, señora!... La cama vacía... el balcón...

Clara se pone de pie y se precipita hacia la puerta.

—¿Qué pasa? ¿Dónde está? ¿Qué le ha pasado?

—Venga, por favor... Mejor que venga usted...

Ahora llueve más fuerte. Son globitos que estallan contra el suelo. Globos rojos, amarillos, de celofán. El pelo le chorrea. Ya no tiene calor; está frío como un pescado. Ha asomado Lucía; ha asomado mamá, con su amiga detrás. Lo cogen en los brazos, lo levantan; lo ponen arriba y abajo, le dan vueltas, lo montan en un tobogán. Se va a caer, lo sueltan; no puede agarrarse a ninguna parte. Han cerrado el balcón. La sábana está fría, es una piel muerta; da repeluco. Todo baila y tirita.

Ahora, Andrés; viene Andrés. Ahora los tranviarios, los que venden tabaco. El café de Alberto Aguilera, enorme, lleno de hombres y de humo. Andrés está llorando.

«No llore, por favor; dígame qué le pasa.»

«De tú, chico, de tú.»

De pie, sobre la alfombra, en el empapelado de la pared, junto al sofá amarillo, debajo del retrato del abuelo, gira, lo llena todo con sus ojos hundidos. Ahora lo están tapando con mantas hasta arriba. Pero Andrés que no llore. Huele a plátano la amiga de mamá.

«Dame un abrazo, Juan. De hombre a hombre, porque tú eres un hombre.»

Ahora hay un sol muy raro que zumba; ahora es la rueda de un tiovivo; se agranda; serpentinas. Ahora le salen patas de cangrejo, primero como granitos que duelen a lo largo de los costados, luego duras y enormes y enormes y las puede mover un poco, aunque le pesan.

«Andrés, no llores tú.»

«Castroviejo, otro médico, asustada, teléfono, Alfredo, asustada, Rosina, bolsa de agua caliente, asustada, no te vayas ahora.»

Mamá le mima mucho, y le besa. No se atreve a decirle que Andrés tampoco ha venido hoy; tiene manchas y luces por la cara.

Le zumban los oídos. Ya se escucha el galope de la

fiebre; ¡qué calor otra vez! Vuelve el caballo blanco, desmelenado, vertiginosamente; se acerca, ya está aquí. ¡Hip! Se ha montado de un salto a la carrera, desde muy arriba, cuando pasaba justo por debajo. ¡Qué gusto! Ya lo tiene entre las piernas. Lo arrea con un látigo; hoy se van a estrellar. Aprisa. Adiós, adiós. Ahora ya no se ve nada, sólo rombos, fragmentos en lo rojo.

«Adiós Andrés, adiós. No vengas, que no estoy; me marcho de viaje. Ya vendrás cuando puedas; otro día.»

El aire le tapona los oídos. Hoy se van a estrellar.

UN ALTO EN EL CAMINO

El niño se durmió un poco antes de llegar a Marsella. Había habido una pequeña discordia entre los viajeros porque unos querían dejar encendido el piloto azul y otros lo querían apagar. Por fin, el más enconado defensor de la luz en el departamento, un hombre maduro y muy correcto, que hasta aquella discusión no había abierto la boca ni apartado los ojos de un libro muy grueso, bajó su maleta de la rejilla y se marchó, dando un resoplido. Desde la puerta recalcó unas ofendidas «buenas noches a todos», y una vez ido él, los demás se quedaron en calma, como si ya fuera indiferente cualquier solución.

Emilia permaneció unos instantes mirando a la puerta. El marido se apoyaba enfrente, contra la otra ventanilla, y dejaba escapar una respiración ruidosa; también a él le miró.

—Si a ustedes no les importa —resumió luego, tímidamente, dirigiéndose a las siluetas de los otros— apagamos la luz. Lo digo por el niño, que va medio malo.

Unos se movieron un poco, otros dijeron que sí con la cabeza, y algunos emitieron un sonido confuso. Pero ella, sin esperar contestación ninguna, ya se había levantado para apagar la luz.

—Anda, Esteban, mi vida. Ahora que se ha ido ese señor córrete y ponte más cómodo —se la oyó después decir en lo oscuro—. Así, encima de las rodillas de Emilia; ¿ves cuánto sitio? Pero, bonito, si es que vas mejor... ¿No vas bien? Te quito los zapatos.

El niño tendría unos seis años. Se puso a llorar fuerte al ser meneado, y su llanto, entre soñoliento y caprichoso, coincidió con un movimiento de protesta de los viajeros; cambios airados de postura. Ella se inclinó hasta rozar el oído de aquella cabeza de pelo liso y revuelto, y la acomodó mejor en su regazo.

—Pero ¿no vas bien? Si vas muy bien. No, no, mi niño; ahora no llorar —susurró—. Ya estamos llegando a Marsella y no se tiene que despertar tu papá. Emilia no quiere, hazlo para que no llore Emilia. Tú no querrás que llore...

—¿Qué le pasa al muchacho? —preguntó el padre, sin abrir los ojos.

—Nada, Gino. Va bien, va muy bien.

Las manos se le hundieron en el pelo de Esteban.

—Calla, duérmete por Dios, por Dios... —pronunció apenas.

Y reinó durante largo rato el silencio.

Un poco antes de llegar a Marsella, Gino ya roncaba nuevamente. Durante este tiempo, que no fue capaz de calcular, había contenido Emilia la respiración, escrutando con ojos muy abiertos y fijos la oscuridad de enfrente, al otro lado de la mesita de madera, donde sabía que venía acurrucado su marido; como si temiera oír otra pregunta suya de un momento a otro. El único movimiento, casi imperceptible, era el de sus dedos, peinando y despeinando los cabellos del niño; y concentraba toda su ansiedad en el esmero que ponía en esta caricia, hasta el punto de sentir bajar una especie de fluido magnético a desaguarle en las puntas de las uñas. Empezaban a dolerle, de tan tensas, las articulaciones, cuando los ronquidos de Gino vinieron a aliviar aquella rigidez de su postura. Aún se podía dudar de los primeros, y por eso los escuchó sin moverse nada, pero luego entró en la tanda de los amplios y rítmicos, no tan sonoros, completamente tranquilizadores ya. Los ronquidos de Gino ella los conocía muy bien. En cinco años había aprendido a diferenciarlos. Le marcaban los pasos lentísimos de la noche durante sus largos insomnios, y solamente a aquel ruido podía atender, incapaz de sustraerse a su cercanía que la apagaba cualquier otro pensamiento. Llegaban a desesperarla, a provocarle deseos de muerte o de fuga. A veces, aterrada de querer huir o matar, tenía que despertarle, para no estar tan sola en la noche. Pero nunca le servía nada; Gino se enfadaba de ser despertado sin una razón concreta y ella, a la mañana siguiente, se iba a confesar: «Estuve pensando toda la noche, padre, en que puedo matarle sin que se entere; cuando ronca de una determinada manera, sé que podría hacer cualquier cosa terrible en el cuarto, sin que se enterara de nada. Y aunque no lo desee, saber que puedo hacerlo me obsesiona».

Dejó de acariciar el pelo de Esteban, que también se había dormido, respiró hondo y desplazó la cabeza hacia la derecha, muy despacio. Ahora ya podía correr un poco la cortinilla y acercar la cara al cristal. Avanzaba; allí debajo iban las ruedas de hierro, sonando. Bultos de árboles, de piedras, luces de casas. ¿Qué hora podría ser?

Alguien encendió una cerilla, y, a su resplandor, distinguió un rostro, despierto, que la miraba —una señora sentada junto a Gino—; y quiso aprovechar esta mirada.

—¿Sabe usted si falta mucho para Marsella? —le preguntó.

—Unos cinco minutos escasos —contestó el viajero que había encendido la cerilla.

—¿Sólo? Muchas gracias.

—Si no les molesta, enciendo un momento —dijo otra voz; y el departamento se iluminó tenuemente—, porque tengo que bajar mi equipaje.

—¿Usted va a Marsella? —le preguntó a Emilia la señora que la miraba tanto.

Ahora podía ver bastante bien su rostro que, sin saber por qué, le recordaba el de un lagarto. Gino seguía profundamente dormido; no le había alterado ni la trepidación de aquella maleta al ser descolgada. Emilia suspiró y se inclinó hacia la señora.

—No, no voy a Marsella, pero...

Escrutó su rostro para calibrar la curiosidad de la pregunta y vio que la seguía mirando atentamente. Sí, se lo diría. Era mejor decírselo a alguien, tener —en cierto modo— un aliado. Los ronquidos de Gino le daban valor.

—...pero es que, si puedo, querría apearme allí unos instantes —dijo bajito.

—Claro que puede; se detiene, por lo menos, un cuarto de hora.

Empezó a entrar mucha luz de casas por la rendija de la cortinilla y el tren aminoró la marcha resoplando. El viajero que se bajaba sacó su maleta al pasillo, y otros salieron también. Del pasillo venía, por la puerta que dejaron entreabierta, un revivir de ruidos y movimientos de la gente que se preparaba a apearse. Desembocaba el tren y se ampliaban las calles y las luces, rodeándolo. Luces de ventanas, de faroles, de letreros, de altas bombillas, que entraban hasta el departamento y algunas se posaban sobre el rostro dormido de Gino, girando, resbalando hasta su boca abierta. Pero ni estos reflejos ni el rumor aumentado de la gente, cuando el tren se paró ni tampoco este golpe seco de la parada le despertaron.

El niño, en cambio, se quejó rebullendo entre sueños, pero luego se tapó los ojos con el codo y volvió a quedar inmóvil.

Ya estaba toda la gente en el pasillo, y Emilia no se había levantado. No miraba al padre ni al hijo, evitaba mirarlos, como siempre que tenía miedo de intervenir en una cosa. Ella sabía que con sus ojos lo echaría todo a perder —tan fuerte se almacenaba el deseo en ellos—. Ahora los dirigía hacia una caja grande que había en la rejilla, medio oculta detrás de su maleta.

—¿No tenía usted que bajarse? —le preguntó la señora con curiosidad.

—Sí, gracias..., pero es que no sé... Tengo miedo por el niño. Como va medio malito.

La señora miró a Gino.

—Dígaselo a su esposo. ¿Es su esposo, no?

—Sí; pero no, por Dios; él duerme, está fatigado. Lo dejaré, lo puedo dejar —resumió angustiosamente. La señora de rostro de lagarto adelantó el cuerpo hacia ella.

—Señora, ¿quiere usted que me ponga yo ahí, en su sitio? Yo le puedo cuidar al niño si no es mucho tiempo.

—¡Oh!, sí. Si es tan amable. Me hace un favor muy grande, un gran favor. Venga con cuidado.

Se levantó y cedió su asiento a la señora. La cabeza de Esteban fue izada, y depositada en el nuevo regazo, pero no tan delicadamente como para que no abriera los ojos un instante.

—Emilia, ¿adónde vas?

—Calla un minuto, a un recado; cállate.

—¿Con quién me quedo? ¿Dónde está papá?

—Te quedas con esta señora, que es bonísima, muy buena. Y con papá. Pero cállate; papá va dormido.

—¿No tardas, Emilia?

—¡No!... Ay, no sé si irme —vaciló Emilia nerviosísima.

—Por favor, váyase tranquila, señora, no tema. Yo me entiendo muy bien con los niños.

Emilia se subió al asiento y bajó con cuidado la caja de cartón, sin dejar de mirar a su marido, al cual casi rozó con el paquete. El niño la seguía con los ojos.

—Emilia, ¿esta señora cómo se llama?

—Juana me llamo, guapo, Juana. Pero a tu mamá no la tienes que llamar Emilia; la tienes que llamar mamá.

Emilia hizo un saludo sin hablar y salió al pasillo.

—No es mi mamá, es la mujer de mi papá —oyó todavía que decía Esteban.

Apenas puesto el pie en la estación, le asaltó un bullicio mareante. Otro tren parado enfrente le impedía tener perspectiva de los andenes. Vendedores de bebidas, de almohadas, de periódicos, eran los puntos de referencia para calcular las distancias y tratar de ordenar dentro de los ojos a tanta gente dispersa. Echó a andar. ¡Qué estación tan grande! No le iba a dar tiempo. A medida que andaba, sentía alejarse a sus espaldas el círculo caliente del departamento recién abandonado y con ello perdía el equilibrio y el amparo. Rebasada la máquina de aquel tren detenido, descubrió otros cuatro andenes y se los echó también a la espalda, añadiéndolos a aquella distancia que tanto la angustiaba. Luego salió a un espacio anchísimo, desde el cual ya se veían las puertas de salida y allí se detuvo, y dejando el paquete en el suelo, se sacó del bolsillo una carta arrugada. En la carta venía un pequeño plano y lo miró: «...¿Ves? —decía, a continuación, la letra picuda de Patri—, es bien fácil. Debajo del anuncio de Dubonet». Alzó los ojos a una fila de letreros verdes y rojos que centelleaban. No lo veía. Preguntó, en mal francés, a un mozo que pasaba con maletas y él logró entenderla, pero ella en cambio no le entendió. Le pareció que se reía de ella, aunque no le importó nada, porque en ese momento había visto encenderse el nombre del letrero. Serpenteaban las letras debajo de un hombre que agitaba los brazos a caballo sobre una botella gigantesca. Bueno, o sea que...

—¡Emilia! Aquí, chica, ¡qué despiste!

¿Era Patri aquella que venía a su encuentro? ¡Pero qué guapísima, qué bien vestida! Vaciló unos segundos y ya la otra la estaba abrazando y sacudiendo alegremente. Sí que era.

—Patri, Patri, hermana...

—¿Qué tal, mujer? Creí que ya no venías. Pero venga, no te pongas a llorar ahora. Anda, ven acá... ¿Nos sentamos?

—Sí, bueno, como quieras. Creí que me perdía, oye.

Se dejó abrazar y conducir, encogida de emoción y pequeñez. Patri era mucho más grande y pisaba seguro con sus piernas fuertes sobre los altos tacones. Se sentaron en un café lleno de gente, junto a un puesto de libros y revistas.

—¿Qué tomas? ¿Café?

Emilia escuchaba los anuncios por el altavoz, diciendo nombres confusos. Oyó el pitido de una máquina. ¿Se habría despertado Gino?

—Café con leche, bueno. Oye, ¿se me irá el tren?

—No, por favor, no empieces con las prisas. Por lo menos diez minutos podemos estar bien a gusto. Lo acabo de preguntar.

Emilia sonrió entre las lágrimas. Algunas le resbalaban por la cara. Puso la caja encima de las rodillas, y, mientras trataba de desatarle la cuerda, se le caían a mojar el cartón.

—Mujer, pero no llores.

—Te he traído esto.

—¿Qué es eso? Dame.

—Nada. Ya lo abrirás en casa, si no. Son cosas de ropa interior de las que hacen en la fábrica de Gino.

—¿Ropa interior? ¡Qué ilusión! Sí, sí, dámelo. Prefiero abrirlo en casa, desde luego.

—Las combinaciones, sobre todo, son muy bonitas. Te he traído dos. Creo que serán de tu talla. Aunque estás más gorda.

—¿Más gorda? No me mates.

—No, si estás estupendamente así. Estás guapísima. Hasta más joven pareces.

—Más joven es difícil, hija, con cinco años encima.

¿Son cinco, no? —Emilia asintió con la cabeza—. A ti, desde luego, bien se te notan, mujer. Estás muy estropeada.

Trajeron los cafés. Patri cruzó las piernas y sacó una pitillera de plata. Le ofreció a Emilia, que denegó con la cabeza.

—¿Por qué no te cuidas un poco más? —dijo, mirándola, mientras encendía el pitillo—. Tienes aspecto de cansada. ¿No te va bien, verdad?

—Sí, sí... Es por el viaje.

—Qué va, yo te conozco. Cómo te puede ir bien con ese hombre. También fue humor el tuyo, hija; perdona que te lo diga.

—No empieces, Patri. ¿Por qué me dices eso?

—Hombre, que por qué te lo digo. Porque no lo he entendido nunca. Se carga con hijo ajeno y con todo lo que sea, cuando no sabe una donde se mete. Pero tú de sobra lo sabías cómo era él, por la pobre Anita. A ver si no se murió amargada.

—Yo le quiero a Gino, aunque tú no lo entiendas. Y es bueno.

—¿Bueno? Pues, desde luego, lo que hace conmigo de no dejar ni que te escriba, vamos, no me digas que es de tener corazón. Dos hermanas que han sido siempre solas, y sabiendo lo que tú me quieres. A quien se le diga que no nos hemos podido ver en cinco años, que la última vez que fui a Barcelona te estuvo vigilando para que no me pudieras dar ni un abrazo.

Patri había aplastado el pitillo con gesto rabioso. Emilia bajó los ojos y hubo un silencio. Después, dijo con esfuerzo:

—También es que tú...

—¿Yo, qué?

—Nada —le salía una voz tímida, temerosa de ofender—. Que la vida que llevas no es para que le guste a nadie. Desde que te viniste de Barcelona, él ha sabido cosas de ti por alguna gente, y siempre son las mismas cosas. También tú, ponte en su caso.

—Pero, a él ¿qué le importa? ¿Y qué vida hace él? Seguro que no seré peor que muchas de las amigas que tenía. Ahora no sé, perdona; pero amigas las ha tenido siempre.

—Él no te tiene simpatía —dijo Emilia con desaliento—. Pero es que es imposible, tú tampoco le quieres ver a él nada bueno.

—Es que no aguanto a la gente como él. Yo seré una tirada, chica, pero es cosa que se sabe. No aguanto a la gente que deja los sermones para dentro de casa... Perdona, no llores, soy una bruta. Pero ¿ves?, es que tampoco aguanto que te trate mal a ti. Y lo sé, me lo estás diciendo ahora, lo llevas escrito en la cara...

—Te digo que no —protestó Emilia débilmente.

—Ojalá sea como dices.

—Además tengo al niño. Él le dice siempre que no soy su madre, y hace bien, si vas a mirar. Pero yo le quiero como si fuera su madre. Y él a mí.

Patri miraba el perfil inclinado de su hermana, escuchaba su voz mohína y caliente.

—Y a ti, mujer, quién no va a quererte. Tú te merecías un príncipe, lo mejor de este mundo.

—La felicidad no está en este mundo, Patri, siempre te lo he dicho.

—Calla, Emi, guapa, déjame de historias. Si tú vieras cómo vivo yo ahora. Como una reina. Tengo de todo. ¡Una casita!... ¡Qué pena me da de que no vengas a verla!

—Cuánto me alegro. ¿Sigues con aquel Michel?

—Sí. Ya lleva un año conmigo. Quería venir a conocerte, pero no he querido yo. Así hablamos mejor ¿no te parece?

—Sí. ¿Tienes alguna foto?

Patri se puso a rebuscar en el bolsillo. Tenía una cara alegre mientras buscaba. Sacó tres fotos chiquititas y se las enseñó a su hermana. En las tres estaban los dos juntos. Era un hombre joven y sonriente. Una estaba hecha en el campo y se besaban contra un tronco de árbol.

—Está muy bien. ¿Quién os hacía las fotos?

—Es una máquina que se dispara sola. ¿Verdad que es guapo?

—Sí, es muy guapo. Y parece que te quiere.

—Sí que me quiere, Emilia —dijo Patri con entusiasmo—. Me quiere de verdad. Si no fuera por su madre, nos casábamos.

—¿De verdad? —preguntó Emilia, con el rostro súbitamente iluminado—. Por Dios, Patri ¿es posible? Qué estupendo sería. ¿Por qué no me das las señas de la madre? Yo le puedo escribir, si tú quieres; lo hago encantada. Le puedo contar todo lo que vales tú.

Patri se echó a reír ruidosamente.

—No digas cosas, anda, mujer. Quién me va a querer a mí de nuera. Más bien haz una novena para que palme pronto.

—Si te conociera, te querría igual que él te quiere.

—Qué va, mujer. Si además nos da igual. Mejor que ahora es imposible estar. Y así, cuando nos cansemos, tenemos la puerta libre. Pero no pongas esa cara.

—No pongo ninguna cara.

—Si vieras qué sol de casita. Con mi nevera y

todo. Dos habitaciones. Es aquí, cerca de la estación. ¿No te daría tiempo de salir conmigo para verla?

Emilia dio un respingo y miró el reloj iluminado al fondo, lejísimos. ¿Dónde estaría su tren?

—Oye, Patri, no; salir, imposible. Me tengo que ir. ¿Cuánto tiempo habrá pasado?

—Es verdad, ya habrán pasado los diez minutos. Pero no te apures. Te da tiempo.

—No, no; no me da tiempo. Está lejos mi tren. Dios mío, dame un beso.

—Espera, mujer, que pague y te acompaño yo.

—No, no espero, de verdad. Como no salga corriendo ahora mismo, lo pierdo, seguro.

—¿Vais a Milán, no? A ver a la familia de Gino.

—Sí. Es en el cuarto andén, me parece. Me voy, Patri, me voy.

—Mujer, qué nerviosa te pones. No se puede vivir así, tan nerviosa como vives tú. Oiga, camarero, ¿el tren para Italia?

El camarero dijo algo muy de prisa, mientras recogía los servicios.

—¿Qué dice, por Dios?

—Que debe salir ahora mismo, dentro de dos minutos.

—Ay, que horror, dos minutos...

Abrazó fugazmente a su hermana y escapó de sus brazos como una liebre. Patri intentó detenerla, diciendo que la esperase, pero solamente la vio volver la cabeza llorando, agitar un brazo, tropezarse con un maletero y, por fin, perderse, a la carrera, entre la gente.

Corría lo más de prisa que podía, desenfrenadamente. Iba contando. Hasta sesenta es un minuto. Luego, otros sesenta y ya. Perdía el tren, seguro. Cincuenta y tres... Con lo lejos que estaba. Le dolían los costados de correr. Algo sonó contra el suelo. Un pendiente. No sabía si pararse a buscarlo o seguir; miró un poco y no lo veía. Uno de los pendientes de boda, Dios mío. Ciento catorce... Si perdía el tren, volvía para buscarlo. Reemprendió la carrera. El altavoz rugía palabras nasales.

—¿El tren de Italia?

—*Celui-là. Il est en train de partir.*

Apresuró todavía la carrera y alcanzó el último vagón, que ya se movía. Se encaramó a riesgo de caerse. Alguien le dio la mano.

—Gracias. ¿Esto es segunda?

—No, primera.

Respiró, apoyada contra una ventanilla. Los andenes empezaban a moverse, llevándose a la gente que los poblaba. Todo se le borraba, le bailaba en las lágrimas.

—¿Se encuentra mal, señora?

—No, no; gracias.

Echó a andar Era larguísimo el tren. Pasaba los fuelles, como túneles temblorosos, y a cada nuevo vagón, iba mirando los departamentos. Desde la embocadura al pasillo del suyo, divisó a Gino, asomado a una ventanilla, con medio cuerpo para afuera, oteando el andén. Se secó las lágrimas y le temblaban las piernas al acercarse. Le llegó al lado. Salían de la estación en aquel momento, y él se retiraba de la ventana, con gesto descompuesto.

—¡Loca! ¡Estás loca! —le dijo al verla, apretando los puños—. ¿Se puede hacer lo que haces? Te escapas como una rata, dejando al niño en brazos del primer desconocido.

—Calla, Gino, no te pongas furioso. Había ido al tocador.

—¡Embustera! Lo sé que has bajado. Y también sé para qué.

—Calla, Gino, no armes escándalo ahora.

—Lo armo porque sí, porque me da la gana. Todo por ver a ésa. Porque eres como ella, y sin ir a verla, no podías vivir.

Emilia corrió la puerta del departamento y entró, sorteando piernas en lo oscuro. La señora ya se había vuelto a su sitio, y Esteban lloriqueaba, acurrucado contra la ventanilla. Lo cogió en brazos.

—Ya está aquí Emilia, no llores, mi vida.

—Ha llorado todo este rato —dijo Gino con voz ronca, mientras se acomodaba enfrente—, pero entonces te importaba poco. Tenías bastante embeleso con oír a esa tía, a esa perdida.

—Papá, no riñas a Emilia; no la riñas, papá. Ya ha venido.

—Por favor, Gino, no hagas llorar a Esteban, pobrecito. Me dirás lo que quieras al llegar. Mañana.

—No hables del niño, hipócrita, no te importa nada del niño —insistía él fuera de sí.

Algunos viajeros les mandaron callar, y Gino se volvió groseramente contra el rincón mascullando insultos todavía. Emilia se tropezó con los ojos de la señora de enfrente y le dio las gracias con un gesto. Luego acomodó a Esteban en su regazo, igual que antes y se puso a besarle los ojos y el pelo. Volvía a reconocer el departamento inhóspito como un ataúd, y a todos los viajeros, que le parecían disecados, petrificados en sus posturas. El tren corría, saliendo de Marsella. Pasaban cerquísima de una pared con ventanas. Emilia había apoyado la cabeza contra el cristal. Más ventanas en otra pared. Las iba mirando perderse. Algunas estaban iluminadas y se vislumbraban escenas en el interior. Cualquiera de aquellas podía ser la de Patri. Duraron todavía algún rato las paredes y ventanas, hasta que se fueron alejando por otras calles, escasearon y se dejaron de ver. El tren iba cada vez más de prisa y pitaba, saliendo al campo negro.

LA TATA

—Anda, Cristina; si no cenas, se va la tata; se va a su pueblo.

—Yo ya acabé, tata. Cojo un plátano, ¿ves? Yo lo pelo. Yo solo.

—¿Ves guapita? ¿Ves tu hermano? Pues tú igual... ¡Am! Así, ¡qué rico! Pero no lo escupas, no se escupe, cochina. Mira, mira lo que hace Luis Alberto. ¡Huy, pela un plátano! Dale un cachito, tonto, dale a la nena. No quiere, ¿le pegamos?... Pero ¿qué haces tú, hombre? No hagas esas porquerías con la cáscara. Venga, Cristina, bonita, otra cucharada, ésta... Que si no llora la tata... Llora, pobre tata, ayyy, ayyy, ayyy, mira cómo llora.

Con una mano tenía cogida la cuchara y con la otra se tapó los ojos. Se la veía mirar por entre los dedos delgados, casi infantiles. La niña, que hacía fuerza para escurrirse de sus rodillas, se quedó unos segundos estupefacta, vuelta hacia ella y se puso a lloriquear también.

—No comé Titina, no comé. Pupa boca —dijo con voz de mimo.

—Un poquito. Esto sólo. Esto y ya.

—Tata —intervino el hermano—, le duelen las muelas. No quiere. Es pequeña, ¿verdad? Yo ya como solo porque soy mayor. ¿Verdad que soy mayor?

—Sí, hijo, muy mayor. Ay, pero, Cristina, no escupas así, te estoy diciendo. Vamos con la niña, cómo lo pone todo. ¡Sucia!, la leche no se escupe. Mira que ponéis unos artes de mesa... No sé a qué hora vamos a acabar hoy.

Afianzó de nuevo a la niña y corrió el codo, que se le estaba pringando en un poquito de sopa vertida. La siguiente cucharada fue rechazada en el aire de un manotazo, y cayó a regar una fila de cerillas que estaban como soldaditos muertos sobre el hule de cuadros, su caja al lado rota y magullada.

—Qué artes de mesa —volvió a suspirar la tata.

Y al decirlo ella y pasar los ojos por encima del hule mal colocado, todo lo que había encima, la caja, las cerillas, regueros de leche y de azúcar, cucharitas manchadas, un frasco de jarabe y su tapón, el osito patas arriba con un ojo fuera, una horquilla caída del pelo de la tata, parecían despojos de batalla.

Luis Alberto se echó a reír, sentado en el suelo de la cocina.

—Huy lo que hace, qué cochina. Espurrea la leche. Tata, yo quiero ver esa caja que tenías ayer. Me dijiste que si cenaba bien me la enseñabas. Esa tan bonita, de la tapa de caracoles.

—No, no; mañana. Ahora a la cama. Ya debías de estar tú en la cama. Y estás igual. Son mucho más de las nueve. ¿Adónde vas? ¡Luis Alberto! Venga, se acabaron las contemplaciones. Los dos a la cama.

—Voy a buscar la caja. Yo sé dónde la tienes.

—Nada de caja. Venga, venga. A lavar la cara y a dormir.

—Titina no omir —protestó la niña—. Titina pusa.

La tata se levantó con ella en brazos, cogió una bayeta húmeda y la pasó por el hule.

—No has comido nada. Eres mala; viene el hombre del saco y te lleva.

La niña tiraba de ella hacia la ventana.

—No saco. No omir. Pusa petana.

—¿Qué dices, hija, qué quieres? No te entiendo.

Luis Alberto había arrimado una banqueta a la ventana abierta y se había subido.

—Quiere oír la música de la casa de abajo —aclaró—. Asomarse a la ventana, ¿ves?, como yo. Porque ve que yo lo hago.

—Niño, que no te vayas a caer.

—Anda, y más me aúpo. Hola, Paquito. Tata, mira Paquito.

—Que te bajes.

—¡Paquito!

En la ventana de enfrente, un piso más abajo, un niño retiró el visillo de lunares y pegó las narices al cristal; empezó a chuparlo y a ponerse bizco. Una mano lo agarró violentamente.

—Ésa es su tata —dijo Luis Alberto—. ¿No la conoces tú?

—No.

—Claro, porque eres nueva. Se llama Leo; ya se han ido. Leo tiene mal genio, a Paquito le pega ¿sabes?

Cristina se reía muy contenta. Levantó los brazos y se puso a agitarlos en el aire como si bailara.

—No omir —dijo—. A la calle.

Luego se metió un puño en un ojo y se puso a llorar abrazada contra el hombro de la tata. De todo el patio subía mezclado y espeso un ruido de tenedores batiendo, de llantos de niños y de música de radios, atravesado, de vez en cuando, por el traqueteo del ascensor, que reptaba pegado a la pared, como un encapuchado, y hacía un poco de impresión cuando iba llegando cerca, como ahora, que, sacando la mano, casi se le podía tocar.

—Viene a este piso —dijo Luis Alberto—. ¿Ves? Se para. Yo me bajo y voy a abrir.

—Pero quieto, niño; si no han llamado.

A la tata le sobrecogía ver llegar el ascensor a aquel piso cuando estaban solos, y siempre rezaba un avemaría para que no llamaran allí. Se puso a rezarla mirando para arriba, a un cuadrito de cielo con algunas estrellas, como un techo sobre las otras luces bruscas de las ventanas, y llegaba por lo de «entre todas las mujeres» cuando sonó el timbrazo. El niño había salido corriendo por el pasillo, y ella le fue detrás, sin soltar a la niña, que ya tenía la cabeza pesada de sueño. La iba besando contra su pecho y la apretaba fuerte, con el deseo de ser su madre. «Nadie me iba a hacer daño —pensó por el pasillo— llevando a la niña así. Ningún hombre, por mala entraña que tuviera.» Luis Alberto se empinó para llegar al cerrojo.

—Pero abre, tata —dijo saltando.

—¿Quién es?

Era la portera, que venía con su niña de primera comunión para que la viera la señorita.

—No está la señorita. Cenan fuera, ya no vienen. Que guapa estás. ¿Es la mayorcita de usted?

—La segunda. Primero es el chico. Ése ya la ha tomado, la comunión, pero a las niñas parece que hace más ilusión vestirlas de blanco.

—Ya lo creo. Y tan guapa como está. Pero pasen,

aunque no esté la señorita, y se sientan un poco. Quieto, niño, no la toques el traje. Pase.

La portera dio unos pasos con la niña.

—No, si nos vamos. Oye, ¿tenéis cerrado con cerrojo?

—Es que a la tata le da miedo —dijo Luis Alberto.

Ella desvió los ojos hacia la niña, medio adormilada en sus brazos.

—Como a estas horas ya no suele venir nadie —se disculpó—. Pero, siéntese un rato, que le saque unas pastas a la niña. Ésta se me duerme. Mira, mira esa nena, qué guapa. Dile «nena, qué guapa estás», anda, díselo tú. Ya está cansada, llevan una tarde. El día que no está su mamá...

—¿Han salido hace mucho?

—Hará como una hora, cuando vino el señorito de la oficina. Ella ya estaba arreglada y se fueron.

—Claro —dijo la portera—, yo no estaba abajo, por eso no los he visto salir. He ido con ésta a casa de unos tíos, a Cuatro Caminos, y antes a hacerla las fotos. No sé qué tal quedará, es tonta, se ha reído.

La niña de la portera miraba a las paredes con un gesto de cansancio. Se apoyó en el perchero.

—Loli, no te arrimes ahí. Ya está más sobada. No se puede ir con ellos a ninguna parte. Ponte bien.

—Loli, pareces una mosquita en leche —dijo Luis Alberto.

La niña se puso a darle vueltas al rosario, sin soltar el libro de misa nacarado. Cuando la tata se metió y trajo un plato con pastas, las miró con ojos inertes.

—Coge esa, Loli —le dijo el niño—. Ésa de la guinda. Son las más buenas.

—Mamá ¿me quito los guantes?

—Sí, ven, yo te los quito. Pero no comas más que una ¿Cómo se dice?

—Muchas gracias —musitó Loli.

—Qué mona —se entusiasmó la tata—. Está monísima. A mí me encantan las niñas de primera comunión. La señorita lo va a sentir no verla.

—Sí, mujer, se lo dices que he venido.

—Claro que se lo diré.

—Cuando la comunión del otro mayor me dio cincuenta pesetas. No es que lo haga por eso, pero por lo menos si entre lo de unos y otros saco para el traje.

—Claro, mujer; ya ve, cincuenta pesetas.

Cristina se había despabilado y se quiso bajar de los brazos. Se fue, frotándose los ojos, adonde estaban los otros niños.

—Sí, son muy buenos estos señores —siguió la portera—. A ti, ¿qué tal te va?

—Bien. Esta mañana me ha reñido ella. Saca mucho genio algunas veces, sobre todo hoy se ha puesto como loca.

—Eso decía Antonia, la que se fue. Se fue por contestarla. A esta señorita lo que no se la puede es contestar.

—No, yo no la he contestado, desde luego, pero me he dado un sofocón a llorar. Ya ve, porque tardé en venir de la compra. Cómo no iba a tardar si fui yo la primera que vi a ese hombrito que se ha muerto ahí, sentado en un banco del paseo... Esta mañana... ¿No lo sabe?

—¿Uno del asilo? Lo he oído decir en el bar. ¿Y dónde estaba? ¿Lo viste tú?

—Claro, ¿no se lo estoy diciendo?, al salir de la carnicería. Iba yo con el niño, que eso es lo que le ha molestado más a ella, que me acercara yendo con el niño; dice que un niño de esta edad no tiene que ver un muerto, ni siquiera saber nada de eso, que pierden la inocencia; pero yo, ¿qué iba a hacer?, si fue el mismo niño el que me llamó la atención. Se pone, «tata, mira ese hombre, se le cae el cigarro, ¿se lo cojo?». Miro, y en ese momento estaba el hombrito sentado en un banco de esos de piedra del paseo, de gris él, con gorra, y veo que se le cae la cabeza y había soltado el cigarro de los dedos. Se quedó con la barbilla hincada en el pecho, sin vérsele la cara, y, claro, yo me acerqué y le dije que qué le pasaba, a lo primero pensando que se mareaba o algo... Mire usted, la carne se me pone de gallina cuando lo vuelvo a contar.

La tata se levantó un poco la manga de la rebeca y mostró a la portera el vello erizado, sobre los puntitos abultados de la piel.

—¿Y estaba muerto?

—Claro, pero hasta que me di cuenta, fíjese; llamándolo, tocándolo, yo sola allí con él. Se acababa de morir en aquel mismo momento que le digo, cuando lo vio el niño. Luego ya vino otro señor, y más gente que paseaba, y menos mal, pero yo me quedé hasta que vinieron los del Juzgado a tomar declaración, porque era la primera que lo había visto. Dice la señorita que por qué no la llamé por teléfono. Ya ve usted, no me acordaba de la señorita ni de nada, con la impresión. El pobre. Luego, cuando le levantaron la cabeza, me daba pena verlo, más bueno parecía. Todo amoratadito.

La niña de la portera se había sentado en una silla. Durante la narración, Luis Alberto había traído del comedor una caja de bombones, eximiéndose de la obligación de pedir permiso, en vista de lo abismadas en el relato que estaban las dos mujeres. La niña de la portera cogió uno gordo, que era de licor, y se le cayó un reguero por toda la pechera del vestido.

—Mamá —llamó con voz de angustia, levantándose.

—¿Qué pasa, hija?, ya nos vamos. Pues, mujer, no sabía yo eso, vaya un susto que te habrás llevado.

—Fíjese, y luego la riña...

—Mamá...

—Hay que tener mucha paciencia, desde luego... ¿Qué quieres, hija?, no seas pelma.

—Mamá, mira, es que me he manchado el vestido un poquito.

Y Loli se lo miraba, sin atreverse a sacudírselo, con las manos pringadas de bombón. Quiso secárselas en los tirabuzones.

—Pero, ¿qué haces? ¿Con qué te has manchado? ¡Ay, Dios mío, dice que un poquito, te voy a dar así, idiota!

Loli se echó a llorar.

—Mujer, no la pegue usted.

—No la voy a pegar, no la voy a pegar. Dice que un poquito. ¿Tú has visto cómo se ha puesto? Estropeado el traje, para tirarlo. Si no mirara el día que es, la hinchaba la cara. Venga, para casa.

—Yo no sabía que era de jarabe.

—No sabías, y lo dice tan fresca. Vamos, es que no te quiero ni mirar; te mataba. ¡Qué asco de críos, chica! Yo no sé cómo tenéis humor de meteros a servir, también vosotras.

—Pobrecita, no la haga llorar más, que ha sido sin querer.

—Es una mema, es lo que es. Una bocazas. Venga, no llores más ahora, que te doy. Hala. Bueno, chica, nos bajamos.

—Adiós, y no se ponga así, señora Dolores, que eso se quita. Adiós, guapita, dame un beso tú. Que ahora ya tienes que ser muy buena. Pobrecita, cómo llora. ¿Verdad que vas a ser muy buena?

—Sí, buena —gruñó la portera—, ni con cloroformo.

—Que sí, mujer. Ahora ya lo que hace falta es que la vea usted bien casada.

—Eso es lo que hace falta. Bueno, adiós, hija.

Luis Alberto y Cristina se querían bajar por la escalera.

—Yo no quiero que se vaya la Loli —dijo el niño—. Yo me bajo con ella.

—Anda, anda, ven acá. Tú te estás aquí. Venir acá los dos. Adiós, señora Dolores.

—Yo me bajo con la Loli.

Ya con la puerta cerrada, armaron una perra terrible, y Luis Alberto se puso a pegarle a la tata patadas y mordiscos y a llamarla asquerosa. Eran más de las diez cuando los pudo meter en la cama. Cristina ya se había dormido, y el niño seguía queriendo que se quedara la tata allí con él porque se empezó a acordar del hombre de por la mañana y le daba miedo. A la tata también le daba un poco.

—¿Por qué dice mamá que no lo tenía que haber visto yo? ¿Porque estaba muerto?

—Venga; no hables de ese hombre. Si no estaba muerto.

—Huy que no... ¿Y por qué tenía la cara como si fuera de goma?

—Anda, duérmete.

—Pues cuéntame un cuento.

—Si yo no sé cuentos.

—Sí sabes, como aquél de ayer, de ese chico Roque.

—Eso no son cuentos, son cosas de mi pueblo.

—Pues eso, cosas de tu pueblo. Lo de los lobos que decías ayer.

—Nada, que en invierno bajan lobos.

—¿De dónde bajan?

—No hables tan alto. Tu hermana ya se ha dormido.

—Bueno, di, ¿de dónde bajan?

—No sé, de la montaña. Un día que nevó vi yo uno de lejos, viniendo con mi hermano, y él se echó a llorar, ¡cuánto corrimos!

—¿Es muy mayor tu hermano?

—No, es más pequeño que yo.

—Pero, ¿cómo de pequeño?

—Ahora tiene catorce años.

—Anda, cuánto, es mucho. ¿Y por qué lloraba si es mayor?

—Pues no sé, entonces era chico. Que te duermas.

—Anda, di lo del lobo. ¿Y cómo era el lobo?

Llamaron al teléfono.

—Espera, calla, ahora vengo —saltó la tata sobrecogida.

—No, no te vayas, que luego no vuelves.

—Sí vuelvo, guapo, de verdad. Dejo la puerta abierta y doy la luz del pasillo.

El teléfono estaba en el cuarto del fondo. Todavía no sabía muy bien las luces, y, cuando iba apurada, como ahora, se tropezaba con las esquinas de los muebles. Descolgó a oscuras el auricular, porque lo que la ponía más nerviosa es que siguiera sonando. El corazón le pegaba golpes.

—¿Quién es?

—Soy yo, la señorita. ¿Es Ascensión?

—Asunción.

—Es verdad, Asunción, siempre me confundo. ¿Cómo tardaba tanto en ponerse?

—Estaba con el niño, contándole cuentos.

—¿No se han dormido todavía? Pero ¿cómo les acuesta tan tarde, mujer, por Dios?

—Es que no se quieren ir a la cama, y yo no sé qué hacer con ellos cuando se ponen así, señorita. No les voy a pegar. La niña casi no ha querido cenar nada.

—¿Ha llamado alguien?

—No, nadie, usted ahora, y antes una equivocación.

—¿Qué dices, Pablo? No te entiendo. Espere.

Venía por el teléfono un rumor de risas y de música.

—No, nada, que preguntaba el señorito que si había llamado su hermano, pero ya dice usted que no.

—No sé, un rato he estado con la puerta de la cocina cerrada, para que no se saliera el olor del aceite, pero creo que lo habría oído, siempre estoy escuchando...

—Bueno, pues nada más. No se olvide de recoger los toldos de la terraza, que está la noche como de tormenta.

—No, no; ahora los recojo.

—Y al niño, déjelo, que ya se dormirá solo.

—¿Y si llora?

—Pues nada, que llore. Lo deja usted. Bueno, hasta mañana. Que cierre bien el gas.

—Descuide, señorita. Adiós. ¡Ah!, antes ha venido la portera con la niña de primera comunión, dijo... señorita...

Nada, ya había colgado. Yéndose la voz tan bruscamente del otro lado del hilo y con la habitación a oscuras, volvía a tener miedo. Se levantó a buscar el interruptor y le dio la vuelta. Estaban los libros colocados en sus estantes, los pañitos estirados y aquel cuadro de ángeles delgaduchos. Todo en orden. Olía raro. Todavía daba más miedo con la luz.

Salió a la terraza y se estuvo un rato allí mirando a la calle. Hacía un aire muy bueno. No pasaba casi gente, porque era la hora de cenar, pero consolaba mucho mirar las otras terrazas de las casas, y bajo los anuncios verdes y rojos de una plaza cercana, los autobuses que pasaban encendidos, las puertas de los cafés. En un balcón, al otro lado de la calle, había un chico fumando, y detrás, dentro de la habitación, tenían una lámpara colorada. La tata apoyó la cara en las manos y le daba gusto y sueño mirar a aquel chico. Hasta que su brazo se le durmió y notó que tenía frío. Recogió los toldos, que descubrieron arriba algunas estrellas tapadas a rachas por nubes oscuras y ligeras, y el chirrido de las argollas, resbalando al tirar ella de la cuerda, era un ruido agradable, de faena marinera.

Se metió con ganas de cantar a la casa, silenciosa y ahogada, y pasó de puntillas por delante del cuarto de los niños. Ya no se les oía. Tuvo un bostezo largo y se paró para gozarlo bien.

El sueño le venía cayendo vertical y fulminante a

la tata, como un alud, y ya desde ese momento sólo pensó en la cama; los pies y la espalda se la pedían. Era una llamada urgente. Cenó de prisa, recogió los últimos cacharros y sacó el cubo de la basura. Luego el gas, las luces, las puertas.

Cuando se metió en su cuarto y se empezó a desnudar, habían remitido los ruidos del patio y muchas ventanas ya no tenían luz. Unas sábanas tendidas de parte a parte se movían un poco en lo oscuro, como fantasmas.

LO QUE QUEDA ENTERRADO

La niña se había muerto en enero. Aquel mismo año, al empezar los calores, reñíamos mucho Lorenzo y yo, por los nervios, decíamos. Siempre estábamos hablando de nervios, de los míos sobre todo, y era un término tan inconcreto que me excitaba más.

—Estás nerviosa —decía Lorenzo—. Cada día estás más nerviosa. Date cuenta, mujer.

A veces se marchaba a la calle; otras se sentaba junto a mí y me pasaba la mano por el pelo. Me dejaba llorar un rato. Pero el malestar casi nunca desaparecía.

Es muy curioso que no consiga recordar, por mucho que me esfuerce, ni uno solo de los argumentos que se trataban en aquellas discusiones interminables. Tan vacías eran, tan inertes. En cambio puedo reconstruir perfectamente algunas de nuestras actitudes o posturas, el dibujo que hacía la persiana en el techo.

También discutíamos en la calle. Principalmente en la terraza de un bar que estaba cerca de casa, donde yo solía ir a sentarme para esperarle, cuando salía de su última clase. Venía cansado y casi nunca tenía ganas de hablar. Fumaba. Mirábamos la gente. La calle, anocheciendo, tenía en esos primeros días de verano un significado especial. Miraba yo la luz de las ventanas abiertas, las letras de la farmacia, los bultos oscuros de las mujeres alineadas en sillas al borde de la acera, de cara a sus porterías respectivas, y seguía los esguinces que hacían los niños correteando por delante de ellas, por detrás, alrededor. Pasaban pocos coches por aquel trecho y había siempre muchos niños jugando. Arrancaban a correr, cruzaban la calle entre risas. También a ratos descansaban junto a las delgadas acacias del paseo, con las cabezas juntas, inclinadas a mirar minúsculos objetos que se enseñaban unos a otros. Me parecía que los conocía a todos y sabía sus nombres, que había estado en sus casas. A veces me daba por imaginar, no sé por qué, lo que harían con ellos si viniese una guerra; dónde los esconderían. Chillaban, parecían multiplicarse. Lorenzo abría el periódico y yo, de cuando en cuando, le echaba un vistazo a los titulares. «Una barriada de 400 viviendas.» «Peregrinación juvenil.» «Nuevo embajador británico.» No lo podía soportar. Detrás de un silencio así, sin motivo, estallaba la riña. No le podía decir que me irritaba que leyese el periódico. Nos habíamos reído tantas veces de los matrimonios de los chistes. Me empezaba a quejar de soledad, de cualquier cosa, ya no recuerdo. Todo lo mezclaba: iba formando un alud confuso con mis palabras y bajo él me sentía aplastada e indefensa.

—No se sabe qué hacer contigo, mujer, qué palabra decirte —se dolía Lorenzo—. Contrólate, por Dios. No hay derecho a ser así, como tú eres ahora, a estarte compadeciendo y analizando durante todo el día. Lee, busca un quehacer, no sé... No puedes estar viviendo en función de mí; tú tienes tu vida propia. Te la estás deshaciendo y amargando.

De la niña no habíamos vuelto a hablar nunca, ni hablábamos tampoco del nuevo embarazo. A veces me preguntaba él: «¿Qué tal te encuentras hoy?», y yo le contestaba que muy bien —porque en realidad de salud estaba muy bien—; pero no decíamos nada más ni él ni yo, procurábamos cambiar de tema, y pienso que era por miedo.

Lorenzo tenía mucho trabajo aquel verano. Se había quedado más delgado.

—Yo no me puedo cuidar de ti —me decía—. Ya sabes todo el trabajo que tengo. Pero vete a ver a tu hermana. O llámala más. No estés siempre sola.

A mi hermana no me gustaba llamarla. Se eternizaba al teléfono, se ponía a darme consejos de todas clases. Después de su cuarto hijo, se había convertido en un ser completamente pasivo y rutinario, cargado de sentido común, irradiando experiencia. No me daba la menor compañía y evitaba verla. Ella, que creía entender siempre todo, achacaba mi despego a la desgracia reciente, de la que hablaba con una volubilidad de mujer optimista.

—Te cansarás de tener hijos —decía—. Te pasará lo que a mí. Y a aquélla la tendrás siempre en el cielo, rezando por sus hermanos. Un ángel, velando por la familia.

Y este sentido egoísta de querer sacar provecho y consuelo de lo más oscuro, era precisamente la cosa que más me rebelaba. Era terrible, disparatado, lo que había ocurrido, y ella, con sus adobes, lo hacía más siniestro todavía.

Sin embargo, y a pesar de no tener ningún objeto, algunas tardes, durante la hora de la siesta, la inercia de otras veces me condenaba a telefonear a mi hermana, la pura indecisión que me llevaba de una habitación a otra. Le explicaba, por ejemplo, la pereza que me estaba dando de empezar a meter la ropa de invierno en naftalina; y ella corroboraba y alentaba mi apatía, manifestando una pasmosa solidaridad con mis sensaciones. No sabíamos si emplear los sacos de papel o comprar otros de plástico. Los del año anterior se habían roto un poco.

—Lo peor es cepillarlo todo, chica. Eso es lo peor. Tenerlo que sacar para que se airee. Yo llevo tres días intentando ponerme con ello, y no encuentro momento bueno.

—Lo mismo que yo. Igualito.

—Si quieres que vaya a ayudarte una de estas mañanas.

Pero yo daba largas, ponía un pretexto. Cuando colgaba el teléfono, después de hablar con mi hermana, tenía la lengua pastosa como si fuera a vomitar, y me aburrían el doble que antes los problemas de la polilla y similares, en los cuales me había mostrado absolutamente de acuerdo con ella y respaldada por su testimonio.

A partir de las cinco empezaban a oírse los golpes de los albañiles que trabajaban en la casa de al lado. Solamente después de estos golpes —eran como una extraña señal— conseguía dormirme algunas veces, y ellos me espantaban el miedo, cuando lo tenía. Me entraban unos miedos irracionales y furibundos, mucho más que de noche. Me parecía que la niña no se había muerto, que estaba guardada en el armario del cuarto de la plancha, donde crecía a escondidas, amarillenta, y que iba a salir a mi encuentro por el pasillo, con las uñas despegadas. Eran lo peor, las siestas. Pasaba todo el tiempo decidiendo pequeños quehaceres que inmediatamente se me hacían borrosos e inútiles, tumbándome en la cama y volviéndome a levantar, empezando libros distintos, dejando resbalar los ojos por las paredes y los muebles.

Una de estas tardes, inesperadamente, fue cuando me quedé dormida y soñé con Ramón.

Yo iba de prisa por una calle muy larga, llena de gente, y le vislumbré, en la acera del otro lado, medio escondido en un grupo que corría. Llevaba barba de varios días, el pelo revuelto, y eran sus ropas descuidadas y grandes como si se las hubiera quitado a otra persona. Pero le reconocí. Se separó de los demás y quedamos uno enfrente del otro, con la calzada en medio, por la cual no circulaban coches, y sí, en cambio, muchas personas apresuradas y gesticulantes. A través de los claros que dejaban estas personas nos miramos un rato fijamente, los dos muy quietos, como para asegurarnos, y él parecía una estatua con ojos de cristal. La gente empezó a aglomerarse y a correr gritando, como si huyeran de algún peligro, y retrocedí a apoyarme en la pared para que no me arrastraran con ellos. Durante un rato muy largo tuve miedo de que me aplastaran. «¿Se habrá ido?» —pensaba entretanto, sin moverme, porque no me lo dejaban ver—. Pero cuando todo quedó solitario, él estaba todavía enfrente y se había hecho de noche. Estaban encendidos unos faroles altos de luz verdosa. Cruzó despacio por la calzada. Acababa de pasar una gran guerra, una gran destrucción: había cascos rotos y trozos de alambradas y metralla. Llegó a mi lado y dijo: «Por fin te vuelvo a ver». Y era como si aquella guerra desconocida de la que había restos en la calle, hubiera servido para que nosotros volviéramos a vernos. No le pregunté nada. Me cogió del brazo y echamos a andar. Se oían canciones que venían del final de la calle, y me dijo él que allí había un puerto con barcos anclados, a punto de zarpar. «Vamos de prisa, no se nos vaya a escapar el último» —apremió—. Íbamos, pues, hacia aquel puerto, los dos juntos, en línea recta, sin ninguna vacilación. Sonaban nuestros pasos en la calle.

De pronto ocurrió algo extraño. Fue, tal vez, un crujido en el suelo de la habitación. Yo con los ojos cerrados, pero supe que estaba soñando. Las pisadas perdieron consistencia, todo iba a desaparecer. Sin embargo, me quise comportar como si no supiera nada. «Dime dónde has estado estos años. Dime dónde vives» —le pedí con prisa a Ramón, apretándome fuertemente contra su costado—. Y todavía le veía, le sentía conmigo. Dijo algo que no entendí. La calle se estrechaba tanto que por algunos sitios rozábamos las paredes, y ya no había faroles. La noche era ahora absolutamente oscura. Delante de nuestros ojos, igual que asomadas al sumidero de un embudo, temblaban en pequeños racimos las luces de aquel puerto desconocido, que en vez de acercarse, se alejaban. «Si nos da tiempo de llegar a lo iluminado —pensaba yo con un deseo ardiente—, entonces todo será verdad. Allí hay gente. Seguro. Nos perderemos entre la gente.» Pero la calle era muy larga. Y tan irreal. Ya no había calle siquiera. Solamente chispas de colores dentro de mis ojos, aún cerrados, Ramón, nada. Me moví. La almohada estaba húmeda debajo de mi nuca. Una mano me tocó la frente. El aliento de Lorenzo.

—Dormilona. ¿Sabes qué hora es?

Cualquier hora. No sabía. Sólo pensaba que se había ido el último barco.

—¿Hace mucho rato que estás ahí? —le pregunté, a mi vez, sin abrir todavía los ojos.

—Nada. Acabo de entrar. No sabía si despertarte. Pero son las nueve, guapa. No vas a dormir a la noche.

Me incorporé. Me froté los ojos. Estaba dada la luz del pasillo.

—¿Las nueve? Entonces, ¿no he ido a buscarte?

—No, claro —se reía—. Vaya modorra que tienes, hija.

—¿Me has estado esperando?

—Sí, pero no importa. Tienes mucho calor aquí, mujer.

Le miré, por fin, en el momento en que avanzaba para levantar la persiana. Entró un piar de vencejos, una claridad última de día.

—Ni siquiera he bajado a comprar cosas para la cena. No sé qué me ha pasado —me disculpé.

—Bueno, que más da. Bajamos a comer un bocadillo.

Me fui a lavar la cara. El sueño no se me despegaba de encima. No era un peso todavía, era una luz. Me movía dentro de aquella luz, en la estela que el sueño había dejado.

—¿Tienes dinero?

—No. Coge tú.

Bajamos la escalera. Era un sábado y los bares estaban llenos de gente. Miramos dos o tres desde la puerta, y a Lorenzo ninguno le gustaba. Por fin decidió quedarse en el más incómodo y aglomerado.

—Total, para un bocadillo —dijo.

Yo no decía nada. Nos sentamos. Había muchos

novios comiendo gambas a la plancha, mirándose a los ojos cuando se rozaban los dedos al limpiarse en la servilleta. Me empezó a entrar el malestar.

—Estás dormida todavía. ¿Por qué no te tomas primero un café?

—Bueno.

—Y eso que no, porque te va a quitar el sueño.

—Claro, es verdad.

—Pero, ¿qué te pasa?

El camarero estaba parado delante de nosotros.

—Nada, no me pasa nada. Voy a tomar lo que tomes tú.

Pedimos dos bocadillos con cerveza y estuvimos en silencio hasta que nos los trajeron. Me acuerdo del trabajo que me costaba masticar y que no era capaz de apartar los ojos de un punto fijo de la calle.

—Oye —dije por fin a Lorenzo—; ¿sabes lo que me gustaría? Volver a Zamora. Pero contigo. ¿No te gustaría?

Él no contestó directamente. Se puso a decir que ya se había enterado seguro de que le era imposible tomarse ni tres días de vacaciones por la preparación intensiva de la academia. Tenía una voz átona y se pasaba la mano por los ojos. Había dejado las gafas sobre la mesa, junto al bocadillo, aún sin empezar.

—Estoy más cansado —dijo.

—Pero come, hombre.

—Ahora comeré. Lo siento por ti, lo de no poder ir unos días a algún sitio. Por ti lo siento más que por mí; me lo puedes creer. ¿Por qué no te vas tú donde vaya tu hermana? ¿O no salen ellos?

—No sé nada. Pero si además, da igual.

Lorenzo se puso a comer. Sólo después de un rato

se acordó de mi sugerencia del principio. Se me quedó mirando.

—Oye, ¿qué decías tú de Zamora? Algo has dicho.

—Nada, me estaba acordando, no sé por qué, de lo bien que se estaba allí en el río. Me gustaría que fuéramos juntos alguna vez para enseñarte los sitios que más quiero. Hay un parque pequeño al lado de la Catedral..., ¡qué cosa es aquel parque, si vieras!

—A lo mejor ahora, después de los años, ya no te gustaba.

—A lo mejor. Pero tú, ¿no tienes curiosidad por conocerlo? Eso es lo que me extraña, con tanto como te hablo siempre.

En el rostro de Lorenzo no se reflejaba la menor emoción.

—A ti te gusta Zamora porque has pasado un tiempo allí —dijo con la misma voz sin matices—, pero no tiene sentido que yo intente compartir esos recuerdos y nunca me los podría incorporar. En cuanto a Zamora en sí misma, no creo que tenga gran interés. Ya sabes que a mí me angustian las pequeñas ciudades muertas.

Nos pusimos a discutir sobre si Zamora era o no una ciudad muerta, y hasta qué punto era lícito aplicarle este concepto de muerte a las ciudades. Yo me acordaba de los muchachos que bajaban en bicicleta a las choperas, de la huerta de tía Luisa, de las Navidades, cuando esperábamos con emoción la vuelta de los amigos que habían ido a estudiar a Salamanca, a la Universidad. Ramón se quedó allí todo un verano después de conocerme, casi sin dinero, sin escribir a sus padres. Decía que Zamora era la ciudad más alegre del mundo, y no se quería ir. Nos bañábamos en el Duero. Yo tenía diecisiete años. Nunca le volví a ver.

La discusión con Lorenzo que ya se había iniciado floja, languideció completamente y, tras un silencio, volvimos a casa.

Al llegar al portal, vino el cartero con el correo. A mí nunca me escribe nadie, pero ese día tenía una carta sin remitente, y traía mi nombre de soltera escrito a mano en una caligrafía que me parecía recordar. En el ascensor, tanta era mi zozobra que no hacía más que apretar el sobre contra el pecho, sin abrirlo.

—¿Quién te escribe? —preguntó Lorenzo—. ¿Esperabas carta de alguien?

—No, de nadie —me apresuré a decir—, por eso me extraña.

Y en un acto de valor, rasgué el sobre. Era una cartulina de una modista mía antigua, anunciando que se había cambiado de domicilio. Me temblaban un poco los dedos al alargársela a Lorenzo que me estaba mirando.

Él se quiso acostar pronto aquella noche porque estaba cansado, y yo me quedé asomada al balcón. Vino a darme las buenas noches con el pijama puesto.

—¿No te acuestas tú?

—Todavía no.

—¿Vas a tardar mucho? Yo es que me caigo, oye.

—Ya veré. Ahora no tengo sueño.

Abajo, en el bulevar, los novios tardíos venían abrazados del barrio de los desmontes. Traían un ritmo inconfundible, lentísimo.

—Bueno, entonces no te parece mal que me acueste.

—¿Por qué, hombre? Claro que no.

—Pero tú lee un poco o haz algo, mujer. No te quedes ahí pasmada, mirando, que luego te entran las melancolías.

—Bueno.

Se metió, después de haberme besado, y casi en seguida volvió. Me asusté un poco.

—Tonta, si soy yo. Quién va a ser.

—No sé. Nadie.

—Que digo, oye, que tú puedes ir a Zamora o adonde quieras. Lo estaba pensando. A lo mejor te gusta volver sola allí. Tendrás amigos.

Me tenía cogida por los hombros. El sueño truncado, desde que había vuelto a casa, me estaba asaltando como una basca; lo tenía muerto en la entrada de la garganta. Me decidí a libertarme de él.

—No —dije con la voz más normal que supe—; no tengo ya amigos. Si además, fíjate, el recuerdo de Zamora me ha venido esta tarde por una tontería, por un sueño que he tenido en la siesta.

—Qué molestos son los sueños de la siesta —dijo Lorenzo—. Dejan un dolor de cabeza. A mí por eso no me gusta dormir siesta. Por la noche nunca sueño nada. Se descansa mejor.

Me iba a callar definitivamente, pero seguía necesitando decir el nombre de Ramón, para que perdiera aquel hechizo absurdo. Necesitaba decirlo fuerte y casi con risa, como si tirara piedras contra un cristal.

—Pues yo hoy he soñado con un chico que conocí allí, en Zamora. Aquel tal Ramón, uno medio chiflado que me hacía versos, ¿no te acuerdas que te he contado cosas de él?

Lorenzo se dio una palmada en la cara y separó pegado en la mano un mosquito muerto. Sonreía.

—No sé —dijo—, no me acuerdo.

Y luego bostezó. Pero, al mirarme, debió ver en mis ojos la ansiedad que tenía por oírle responder otra cosa, porque rectificó, con un tono amable:

—Ah, sí mujer, ya me acuerdo de quién era ése. Uno que construía cometas.

—¿Cometas? Por Dios, si ése era el primo Ernesto, qué tendrá que ver. ¿Ves por lo que me da rabia contarte nunca nada? Lo oyes como quien oye llover, estás en la luna. De Ernesto te he hablado mil veces, ¿es posible que no te importe nada lo que te cuento? ¿Ves cómo es verdad lo que te decía ayer?...

Casi estaba al borde de las lágrimas.

—No empecemos, María —cortó Lorenzo con voz dura—. No tienes motivo de empezar a hacerte la víctima porque haya confundido a dos de tus amigos de la infancia a los que no conozco, y que carecen de importancia para mí, como comprenderás.

Hubo una pequeña pausa. Se había levantado algo de fresco. Yo miraba tercamente las luces del bulevar.

—Bueno, mona, me meto —dijo Lorenzo después, esforzándose por volver a tener una voz dulce y atenta—, no me vaya a enfriar. ¿No te pones una chaqueta tú?

—No. No tengo frío.

—Pues buenas noches.

—Adiós.

Me quedé mucho rato asomada. Se empezó a quedar sola la calle. De vez en cuando alguien llamaba al sereno con palmadas, y él cruzaba de una acera a otra, corriendo, con su blusón y su palo, entre los coches velocísimos. La luna, que se incubó roja detrás de un barrio barato en construcción, había subido a plantarse en lo alto, manchada, difusa, y parecía que, en el esfuerzo por irse aclarando, se desangraba y hacía más denso el vaho sofocante que empañaba su brillo. Me sentía desmoronar, diluir. Igual que si la luna desprendiera un gas corrosivo. Pero no quería dejar de mirarla. De codos en su ventana, al otro lado del paseo, también había una chica que alzaba sus ojos a la luna, y creo que me había descubierto a mí. En el interior de la habitación había luz, pero debía estar sola. Estuvimos mucho tiempo; ella se metió primero y apagó. En el bulevar las motos ametrallaban con sus escapes.

Cuando me acosté eran casi las dos y sabía muy bien que no iba a dormir. No había hecho caso a Lorenzo; no había leído una línea ni había tenido un solo pensamiento organizado, constructivo. Me debatía, encerrada en vaguedades.

Varias veces me levanté de mi cama a la de Lorenzo, que apenas se había movido cuando entré, y allí sentada sobre la alfombra de su lado, mirándole dormir, luchaba entre el deseo de despertarle y la certeza de que sería inútil para los dos. Le cogí, por fin, una mano; se la estuve besando, y él, sin despertarse, me acarició, la puso de soporte para mi cabeza. Solamente hizo un gesto de impaciencia cuando empezó a notarse el brazo mojado por mis lágrimas.

—Pero, mujer, ¿ya estamos?, ¿ya estamos? ¿Qué te ocurre, por favor? —repetía con una voz pastosa, de borracho.

Se volvió a dormir, de bruces hacia la ventana.

Entonces me asaltó una furia especial, un deseo de salir, de rasgar, de librarme de todo. Me tumbé en la cama, boca arriba, con los ojos abiertos, y el recuerdo del sueño de la siesta me empezó a caer gota a gota, potente y luminoso, sin que intentara ahuyentarlo. Al principio era un gran aliciente intentar reconstruirlo, irle añadiendo fragmentos nuevos; y cerraba los ojos con la esperanza rabiosa de meterme otra vez por aquella calle de los faroles a recobrar la compañía de mi amigo camino de aquel barco que escapaba. Pero lo que quería era llegar, seguir el sueño. A ratos, de tanto intentarlo, la calle reaparecía, me colaba en ella por no sé qué ranura, y me volvía a ver del brazo de Ramón, pero todo estaba quieto, tenía una luz falsa de escenario. Solamente a la fuerza conseguía mover las figuras, que repetían exactamente el pequeño argumento y después se paraban como si no tuvieran más cuerda. Al final, las imágenes habían perdido todo polvillo de luz. Me di por vencida.

No sé cuántas veces me volví a levantar y a asomar al balcón. Contra la madrugada ya era incapaz de aguantar en casa, y había tomado mi decisión de salir en cuanto abrieran los portales. Me vestí sin que Lorenzo se despertara. Era domingo. Él no tenía prisa de levantarse; seguramente dormiría hasta mediodía. Podía yo, incluso, tomar un tren de los que salen temprano a cercanías y tal vez volver antes de que se hubiera levantado él. ¡Dios, pasarme un rato echada entre los pinos, no acordarme de nadie ni de nada, salirme del tiempo! Esta idea, que me vino ya en la calle, después de haber deambulado sin rumbo, se afianzó en mí, apenas nacida, y me llevó en línea a la estación del Norte, donde ya bullía alrededor de las ocho el hormigueo de las familias con niños y fiambreras, que se agrupaban alborotadamente para coger los trenes primeros. Me dejé ir entre ellos. Algunos todavía tenían sueño y se sentaban un momento, mirando el andén sin verlo, entre los bultos dispersos, mientras los otros cogían el billete. Presentaban un aspecto contradictorio con sus ojos adormilados bajo las viseras, los pañuelos de colorines.

Iba a ser un día de mucho calor. Todavía en el bar, junto a algunos de estos excursionistas, antes de tomar un tren que me iba a llevar no sabía dónde, y sin haberme decidido del todo, me acordaba de Lorenzo, de si no habría sido mejor avisarle por si acaso tardaba en volver; imaginaba su despertar sudoroso. Pero en cuanto me subí al tren y se puso en marcha, en cuanto me asomé a la ventanilla y me empezó a pegar el aire en la cara, se me borró todo pensamiento, me desligué.

Hice todo el viaje asomada a la ventanilla. Había tomado billete para el primer pueblecito donde el tren se detenía, pero seguí más allá. El revisor ya había pasado y me resultaba muy excitante continuar sin tener billete, desnuda de todo proyecto y responsabilidad. El tren corría alegremente. Algunos de los excursionistas habían empezado a cantar. Yo cerraba los ojos contra mi antebrazo. En un cierto momento, una señora me preguntó que si sabía cuánto faltaba para Cercedilla.

—No lo sé —contesté—, pero ya nos lo dirán.

—Ah, usted va también a Cercedilla.

Y le contesté que sí, como podía haberle contestado que no. Pero de esta manera me sentí comprometida a apearme en ese sitio y no en otro, y de esta manera vine a pasar en Cercedilla aquel domingo de junio.

No me puedo explicar cómo se me pasó el día tan de prisa. Por la mañana, encontré un pinar que me gustó y me adentré, trepando a lo más solitario. Desde allí veía tejados de chalets y oía risas de personas que estaban lejos, más abajo. Me quedé dormida con un ruido de pájaros sobre la cabeza.

Desperté a las tres de la tarde y bajé al pueblo. Vagamente volví a pensar en Lorenzo, pero ya no tenía intención de volver hasta la noche. Estaba alegre y sentía una gran paz. Las calles del pueblo estaban casi desiertas; los que venían en el tren a pasar el domingo habrían buscado sin duda, para comerse sus tortillas, rincones apartados y sombríos que ya conocerían de otras veces. Pasé por una calle pequeña a la sombra de grandes árboles, donde daban las traseras de muchos jardines de chalets ricos. No se oía un ruido. No se veía a nadie. Sólo chorreaba una fuente. Me senté allí un rato, en una piedra que había, mirando asomar madreselvas por encima de una verja alta que tenía enfrente. Me gustaba estar allí. En parajes semejantes a éste había yo situado los cuentos de mi infancia.

Cuando me entró apetito eran más de las cuatro, y en los cafés del pueblo ya no daban comidas calientes. Pedí un bocadillo y un refresco en la terraza de un hotel de media categoría. En una mesa cercana había dos señoras y una chica como de diecisiete años, vestida de negro. Hablaban las señoras de la muerte del padre de la chica, hermano también de la más sentenciosa de ellas dos, mujer refranera. La otra escuchaba y suspiraba con mucha compasión, mientras que la chica, de la cual hablaban como de un objeto, sin el menor cuidado de herirla, miraba a lo lejos con una mirada tristísima, las manos cruzadas sobre la falda negra, sin intervenir. Supe la situación económica tan precaria en que se había quedado y me enteré de vicios de su padre. Una vez se cruzaron sus ojos con los míos. Yo ya había acabado de comer y pensaba dar un largo paseo. No me hubiera importado llevármela de compañera aquella tarde, y me daba pena levantarme y dejarla con su tía y la otra, condenada a aquella conversación de recuerdos y reflexiones sobre el muerto. Más allá, junto a la barandilla que daba a la carretera, un chico de pantalones vaqueros ensayaba gestos de hombre interesante, delante de un libro que tenía abierto sobre la mesa. Pero no lo leía. Echaba bocanadas de humo, cruzaba las piernas y las descruzaba, y, sobre todo, me miraba sin cesar, primero disimuladamente, luego ya de plano. Hasta que se levantó y vino a apoyarse en mi mesa.

—Oye —dijo con aire desenvuelto—. ¿Para qué vamos a andar con presentaciones? Yo vivo en este hotel y me aburro mucho. ¿Tú has venido a veranear aquí también?

—No. Estoy de paso.

Se rió. Tenía pinta de estudiante de primero de carrera.

—No lo digas tan seria, mujer. Sólo quería preguntarte por las buenas si te gusta estar sola o prefieres que me pase yo la tarde contigo. Si me dices que sola, pues tan amigos; pero si me dices que conmigo, más, y además me haces un favor. Te puedo enseñar muchos sitios bonitos, porque ya estuve el año pasado.

La chica de luto nos miraba atentamente.

—Muchas gracias, pero prefiero estar sola.

—¿Es rubio o moreno tu novio? —preguntó.

Yo me puse a mirar el vaso vacío de mi refresco, sin contestar nada. Y me divertía.

—Bueno, tengo buen perder —dijo separándose—.

Pero me dejarás que te diga que eres muy guapa, ¿no? Yo creo que eso no ofende a nadie.

Levanté los ojos con simpatía.

—A nadie. Muchas gracias.

Al poco rato me levanté para irme, y, al pasar al lado de su mesa, le sonreí como si fuéramos amigos. Era rubio, muy guapo y muy joven. Seguramente no había notado mi embarazo.

A partir de ese momento, empezó a descender el día. Quiero decir que sentí cómo se precipitaba hacia su desembocadura. Di un paseo por una carretera que subía entre pinares, y llegué bastante lejos, hasta un merendero donde había muchos matrimonios. Allí me senté y vi cómo atardecía poco a poco; allí pregunté los horarios de los trenes que regresaban, y desde allí, ya casi de noche, salí para la estación. Los matrimonios habían merendado como fieras. Sardinas en lata, chorizo, tortilla y mucho vino. Estaban todos en pandilla y se daban bromas al final los maridos unos a otros, y también unos a las mujeres de los otros. Supe el nombre de todos, y me daban pena porque creían que se estaban divirtiendo muchísimo. De vez en cuando me echaban una mirada entre curiosa y compasiva.

En el tren, ya de vuelta, me volvió la atadura de Madrid, la preocupación por Lorenzo, y me parecía, al contrario de lo que me pareció al ir hacia allá, que el tren andaba despacísimo. Iba lleno hasta los topes, y, a medida que nos acercábamos a Madrid, se notaba más el ahogo, el aire denso y quieto, aumentada esta sensación por las apreturas del pasillo y por el sudor de la gente que bebía en sus botijos y sus botellas, sin dejar de cantar.

Salí por los andenes con la riada de todos aquellos compañeros de domingo, y tomé el Metro con ellos. Ya eran casi las once cuando llegué a mi barrio, con un nudo de desazón en la garganta. En el primer semáforo que hay, camino de casa, esta angustia por Lorenzo se hacía tan irresistible que no podía esperar y puse el pie en la calzada antes de que se apagara la luz roja. Di dos pasos.

—¡¡María!! —gritó una voz alterada, desde la otra acera—. ¡Ten cuidado!

Pasó una moto, casi rozándome, y el ocupante volvió la cara para decirme no sé qué. Retrocedí, aturdida. Miré al otro lado de la calzada y vi a Lorenzo que me hacía gestos de susto y amenaza, señalándome la luz roja, que no se acababa de apagar. Sin duda había salido a esperarme a la esquina y desde allí me había descubierto. Estaba serio y no se había afeitado. Tenía los ojos hundidos, como los de Ramón, en el sueño.

—Estás loca —me dijo, cuando llegué a su lado—, loca completamente. No sabes ni cruzar una calle. Luego quieres que me quede tranquilo contigo. No me puedo quedar nunca tranquilo ¿cómo quieres? Te pueden pasar mil cosas cuando vas sola, atolondrada. Te ha podido matar esa moto, no sabes cómo te ha pasado.

Hablaba aceleradamente, abrazándome. Luego se separó y nos pusimos a andar hacia casa. Yo no esperé a que me preguntara nada y empecé a contarle de un tirón todo lo del viaje a la sierra después de la noche de insomnio, cómo lo había decidido de repente por la mañana y pensaba haber vuelto a mediodía, pero que se me habían ido las horas volando, no sabía cómo.

—¿Tú has estado preocupado por mí? —le pregunté con cierto regodeo.

Y entonces él se detuvo y nos miramos. Tenía los ojos con cerco; lo sabía yo cuánto habría llorado pensando lo peor, porque es pesimista; me imaginé, ahora de pronto, su tarde interminable, sus llamadas a casa de mi hermana. Sin embargo no hizo alusión a nada de esto ni contestó a mi pregunta. Me desasosegaba sentir su mirada grave sobre mí.

—Di algo, por favor —le pedí.

—Que no eres seria, María, eso te digo —dijo tristemente—. Parece mentira que todavía no hayas aprendido a ser seria. Lo he pensado toda la tarde. Necesitas encender hogueras, dar saltos, hacer lo que sea para que uno esté pendiente de ti. No piensas más que en eso. Si no estuviéramos esperando un hijo, te diría que no volvieras conmigo, si es que te has cansado de estar en mi compañía, como me parece. También esto lo he pensado muy seriamente esta tarde, porque me agobia, me desespera, verte como te veo. Y no poder hacer nada por ti.

Le quise interrumpir con mis protestas, me apreté contra él, pero seguía serio.

—Y, aún esperando un hijo, tú sabrás —continuó—; tú dirás si lo prefieres, a pesar de todo.

—Pero si prefiero ¿qué?, ¿irme? ¿Hablas en serio?

—Irte, sí. Aún, al hijo, no le hemos visto la cara ni nos ata. Ni siquiera sabemos si va a nacer o no. Puedes tomar la decisión que quieras, y yo la tomo contigo, me hago solidario de ella desde ahora mismo. Se hará lo que tú digas. Pero que yo no tenga que volver a pasar una tarde como la de hoy.

Me eché a llorar.

—¿Cómo puedes decir que no sabemos si va a nacer o no? —estallé—. ¿Por qué lo dices? Va a nacer, claro que lo sabemos. Tiene que nacer. ¿Tú por qué has dicho eso? ¿Te ha pasado algo, has tenido algún sueño, alguna corazonada? Di, por Dios.

—Pero, mujer, qué bobadas dices, qué corazonada ni qué sueño voy a tener.

—¿Entonces?

—Nada. Lo digo porque cabe en lo posible.

—Pues no lo digas, no lo puedo oír, no lo digas. Me pongo mala sólo de pensarlo.

Lorenzo me cogió por los hombros. Andábamos pequeños trechos y nos volvíamos a detener.

—Anda, calla, no seas extremosa —dijo—. Se debe poder decir todo. Lo que sea, va a pasar igual, diga yo lo que diga. Pero deja de llorar, ¿por qué lloras?

—Habías dicho que no querías que naciese, que no lo querías —decía yo sollozando contra su chaqueta—, dijiste que no te hacía ilusión..., y por eso lloro, porque se te ve muy bien que no te hace ilusión.

—Pero la ilusión qué es, mujer. Parece mentira que todavía no sepas a lo que queda reducida la ilusión. Había dicho que no quería más hijos, pero ahora ya eso, qué importa; háblame de cosas reales. Cuando lo vea lo aceptaré y lo querré, supongo. Y tendré miedo. Más que ahora todavía. Y procuraré que crezca, y esas cosas. Ilusión, ¿cómo la voy a tener? ¿Para qué?

—Para que yo me consuele. Para que no esté sola. No me consuelas nunca tú; todo me lo dices crudamente.

—Porque quiero que seas una mujer, que te hagas fuerte. La fuerza la tienes que buscar en ti misma, aprender tú sola a levantarte de las cosas. Si te consuelo y te compadezco y te contemplo, cada vez te vuelves más débil. Tienes que aceptar las cosas duras, cuando son duras, y no pedirme que te las haga yo ver de otro color más agradable, pero falso.

Yo ya no lloraba. Avanzamos un rato en silencio. Estábamos llegando a casa, y él me rodeaba con su brazo derecho.

—Lo que no sabía —dijo con dulzura—, es que tú tuvieras tantas ganas de este hijo. ¿Tantas ganas tienes de verle, realmente?

Me paré. Me ahogaba de emoción. Había esperado mucho esta pregunta.

—Lorenzo.

—Será un niño, esta vez, ¿verdad que sí? ¿Tú qué dices? Yo ya parece que le estoy viendo la cara. Un niño, es un niño, estoy segura. Lo siento, eso se siente, de la otra vez no me equivoqué.

—Olvida la otra vez —dijo—. Qué más da lo que sea.

Nos estábamos mirando. Tropezamos con algo entre los pies.

—Señorita, haga el favor, no nos pise la casita.

Unas niñas del barrio habían pintado en el suelo con tiza varias habitaciones de una casa, y en algunas tenían cacharros y flanes de tierra. Nosotros nos habíamos metido en su casa y estábamos parados allí. Levantaban a nosotros sus ojos enfadados. Una estaba en la cocina, agachada, machacando teja, y, cuando nos salimos, vino detrás, andando con mucho cuidado entre los tabiques estrechos para no pisar raya. Nos siguió hasta la puerta.

—Ris ras —hizo, cuando cerró. Y luego, a las otras—: Era el cartero. Dos cartas había. Tome.

Seguimos en silencio, bordeando las terrazas de los bares.

—¿A ti te gusta más que sea una niña? —le pregunté a Lorenzo.

—Lo que sea, ya lo es —dijo él—, ya lo tienes ahí dentro. Yo quiero lo que sea, lo que es. No significa nada decir «quiero».

Pero yo continuaba, tercamente.

—Las niñas sufren más. Un niño, será un niño. Pablo, Marcos, Alfonso...

—No te lances, mujer. No vuelvas a lanzarte en el vacío.

—Bueno. Pero si a ti te da igual, seguro que es un niño.

—Bueno, bueno. Lo que importa, mujer, es que se te pasen estos nervios que tienes ahora, y que tengas un parto bueno. Que mires por dónde vas. No pienses ahora en nada de mañana. Ya vendrá. Vendrá todo lo que tenga que venir. Te tienes que cuidar este verano.

LA CONCIENCIA TRANQUILA

—Te lo estoy diciendo todo el día que no te lo tomes así. Te lo estoy diciendo todo el día, Luisa. Hace más de lo que puede. Que está cansado; si no me extraña. Muerto es lo que estará. Anda, tómate una taza de té por lo menos.

Las últimas palabras sonaron con el timbre del teléfono. Mariano fue hacia él. No se había quitado la gabardina.

—Es una profesión muy esclava —asintió la tía Dolores.

—Diga...

—...y luego como él tiene ese corazón.

—¿Cómo...?, no entiendo. Callar un momento, mamá. ¿Quién es?

Venía la voz del otro lado débil, sofocada por un rumor confuso, como si quisiera abrirse camino a través de muchas barreras.

—¿Está el doctor Valle?

—Valle, sí, aquí es. Hable más alto porque se entiende muy mal. ¿De parte de quién?

Mila se puso de espaldas a los hombres, casi pegada al rincón, debajo de las botellas de cazalla. Acercó mucho los labios al auricular.

—Diga, ¿es usted mismo?

—Sí, yo mismo. Pero, ¿quién es ahí?

Tardó unos instantes en contestar; hablaba mejor con los ojos cerrados. Las manos le sudaban contra el mango negro.

—Verá, me llamo Milagros Quesada, no sé si se acuerda; del Dispensario de San Francisco de Oña —dijo de un tirón.

—Pero ¿cuántas veces con lo mismo? Llamen ustedes al médico del Seguro. ¿Yo qué tengo que ver con el Dispensario a estas horas? ¿No tienen el médico del Seguro?

—Sí, señor.

—¿Entonces...?

—Es que él ha dicho que se muere la niña, que no vuelve a verla porque, para qué.

—¿Y qué quiere que yo haga?

—Es que él no la entiende. Usted la puso buena el año pasado, ¿no se acuerda?, una niña de ocho años, rubita, se tiene que acordar, casi estaba tan mala como ahora, de los oídos... Yo le puedo pagar la visita, lo que usted cobre.

—Pero mi teléfono, ¿quién se lo ha dado? ¿Sor María?

—No, señor; lo tengo yo en una receta suya que guardé de entonces. Y es que el otro médico no sabe lo que tiene; si no viene usted, se muere; si viera lo mala que se ha puesto esta tarde, da miedo verla; se muere, da miedo...

Apoyaba el peso del cuerpo alternativamente sobre una pierna y sobre la otra, a medida que hablaba, de espaldas, metida en el rincón de la pared como contra la rejilla de un confesonario; y un hombre joven de sahariana azul, con pinta de taxista, tenía fija la mirada en el balanceo de sus caderas, Otro dijo: «Callaros, tú, el Príncipe Gitano». Y levantaron el tono de la radio. Mila se echó a llorar con la frente apoyada en los azulejos. La voz del médico decía ahora:

—Sí, sí, ya lo comprendo; pero que siempre es lo mismo, me llaman a última hora, cuando ya no se puede hacer nada. Si el otro doctor ha dicho que no se puede hacer nada, no será porque no la entiende, yo diré lo mismo también. ¿No lo comprende, mujer? ¿No comprende que si todas empezaran como usted tendría que quedarme a vivir en el Puente de Vallecas? Yo tengo mis enfermos particulares, no puedo atender a todo.

«...rosita de oro encendida.

»rosita fina de Jericó», chillaba la canción de aquel tipo allí mismo, encima. Mila se tapó el oído libre.

—Yo le pago, yo le pago —suplicó entrecortadamente. Y una lágrima se coló por las rayitas del auricular, a lo mejor hasta la cara del médico, porque tenía él un tono rutinario, aburrido de pronto, al decir: «No llore, veremos si mañana puedo a primera hora...» —y algo más que tal vez siguió. Pero ella sintió como si se pegara de bruces contra aquellas palabras desconectadas de lo suyo, y el coraje no le dejó seguir escuchando.

—¿Qué dice de mañana? —interrumpió casi gritando—. Pero ¿no le estoy contando que se muere? ¿No me entiende? Le he dicho que le voy a pagar, que me cobra usted como a un cliente de los suyos. Tiene que ser ahora, verla ahora. Usted a un cliente de pago que le llamara ahora mismo no le pediría explicaciones, ¿no?...

Mariano tuvo una media sonrisa; miró el reloj de pulsera.

—...pues yo igual, me busco las perras y listo, usted no se preocupe.

—Si no es eso, mujer, qué disparates dice.

—¿Disparates, por qué? —se revolvió todavía la chica.

Pero sin transición la voz se le abatió apresuradamente.

—Perdone, usted perdone, no sé ni lo que digo. Y por favor, no deje de venir.

—Bueno, a ver, ¿dónde es?

Eran las ocho menos diez. Le daba tiempo de avisar a Isabel; a lo mejor se enfadaba un poco, pero éste seguramente era un caso rápido que se liquidaba pronto; le diría: «Voy para allá, cariño. Ponte guapa. Es un retraso de nada».

—Chabolas de la Paloma, número cinco.

—¿Cómo dice? ¿Antes de llegar a la gasolinera?

—No, verá, hay que pasar el cruce y torcer más arriba, a la izquierda... y si no, es mejor una cosa. ¿Va a venir pronto?

—Unos veinte minutos, lo que tarde en el coche.

—Pues yo le estoy llamando desde el bar que hay en la otra esquina de la gasolinera, así que le espero allí para acompañarle, porque si no se acuerda de dónde es la casa, no va a acertar.

—Bueno, de acuerdo.

—En el bar de la gasolinera, ¿eh?, ya sabe.

«Es algo de dinero, seguro» —pensó el hombre de la sahariana azul, que, con la música de la radio sólo pudo cazar alguna palabra del final, de cuando la chica había hablado más alto; y la miró ahora quedarse suspensa con el teléfono en la mano, igual que si agarrara la manga vacía de una chaqueta, dejarlo enganchado sin prisas por la argolla y volver finalmente un rostro sofocado, con huellas de lágrimas, qué cosa más bonita, madre mía. «Riña de novios, seguro; el otro la ha colgado. ¡Y qué cuerpo también!» Ahora se estaba saliendo fuera del mostrador. «Gracias, señor Julián», dijo hacia el tabernero que ni siquiera la oyó, y se quedó un rato vacilante en mitad del local, mirando para la calle a través del rectángulo de la puerta. La calle tenía una luz distinta: era como salir de lo oscuro a la luz; había empezado a llover un poco, debía haber por alguna parte arco iris, y de pronto la gente revoloteaba en torno al puesto de tabaco, muchachas con rebecas coloradas. Al lado de la primera ventana había una mesa y el chico la estaba limpiando con un paño mojado.

—¿Va a tomar algo?

Se sentó. Tenía las piernas flojas y por dentro de la cabeza aquel ruido de túnel del teléfono.

—Bueno, un vaso de tinto.

Enfrente estaba la gasolinera. Desde allí se esperaba bien.

—Oye, niña: ¿me dejas que te haga compañía?

Levantó los ojos al hombre que apoyaba las manos en el mármol de su mesa. No le conocía. Se encogió de hombros, luego volvió a mirar afuera. El hombre de la sahariana azul se sentó.

—Chico, tráete mi botella del mostrador y dos vasos. Me dejarás que te invite, ¿no, preciosa?

Ella bajó los ojos a la mesa. Tenía algunas canas. Dijo:

—Da lo mismo.

Veinte minutos, lo que tardara en el coche. Mejor en compañía que sola. Mejor que sola cualquier cosa.

Necesitaba beber un poco, después de lo descarada que había estado con el médico. El primer vaso se lo vació de un sorbo. El hombre de enfrente la contemplaba con curiosidad.

—¿Cómo te llamas?

—Mila. Milagros.

—Un nombre bonito. Toma más vino.

Se sentía intimidado sin saber por qué. Le daba rabia, con lo fácil que estaba siendo todo. Ella no dejaba de mirar la lluvia, la gasolinera pintada de azul.

—¿Qué piensas, guapa?

—Nada. Contesta en seguida ¿si o no?

—Sí. Desde luego, sí. A ti sólo se te puede decir que sí.

Que sí. Lo había dicho por tres veces. Que se iba a morir Andrea. Y sin embargo no tenía ganas de llorar ni se sentía mal, como si todo aquello lo estuviese sufriendo otra persona. Estaba muy cansada, tres noches sin dormir. El vino daba calor y sueño.

—Cuéntame algo, Milagros. No eres muy simpática.

—Estoy cansada. No tengo ganas de hablar.

—¿Cansada, mujer? De trabajar es de lo único que se cansa uno.

—Pues de eso.

—Anda, que trabajas tú; será porque te da la gana.

—Pues ya ves.

—...con esa cara y ese cuerpo.

—Por eso mismo. No tengo más que dos soluciones en este barrio. O friego suelos o lo otro. Ya sabes.

—¿Y friegas suelos?

—Por ahora sí. Fíjate cómo llueve.

El chaparrón de septiembre había arreciado. Por Atocha venía el agua en forma de violenta cortina, tan oblicua que Mariano tuvo casi que parar el coche. Luego fue reemprendiendo la marcha despacio. Las gotas de lluvia rechazadas a compás por el parabrisas se aglomeraban en el cristal formando arroyos. En la radio estaban tocando un bolero de los del verano. Mariano seguía el ritmo chasqueando la lengua contra los dientes de arriba y moviendo un poquito la cabeza. Pensó en Isabel, en los últimos días de agosto en Fuenterrabía, todo tan dorado y brillante. Isabel en maillot, sobre el balandro; Isabel en traje de noche y con aquel jersey blanco, sin mangas, con aquel sobretodo. Bostezó. Pronto el invierno otra vez. Se abría la avenida del Pacífico desceñida y mezclada de olores diversos, con sus casas de arrabal. La gente caminaba contra la lluvia, cada cual por su camino, separados. Llegó al Puente de Vallecas y siguió hacia arriba en la línea recta. Había amainado la lluvia; se agrupaban personas alrededor de la boca del Metro y a la entrada de un cine con Marilyn Monroe pintada enorme como un mascarón. Estaba llegando a los bordes de la ciudad, por donde se desintegra y se bifurca. Todavía por la cuesta arriba, las casas de aquella calle central tenían una cierta compostura, no delataban nada; pero de todas las bocacalles salían hombres y mujeres y él los conocía, conocía sus covachas y perdederos, sabía que les estaba entrando el agua por los zapatos y que les seguiría entrando en diciembre. Sabía sobre todo que eran muchos, enjambres, que cada día se multiplicaban, emigraban de otros sitios más pobres y propagaban ocultos detrás de esta última calle, como un contagio, sus viviendas de tierra y adobes. Alguna vez salían. Eran tantos que podían avanzar contra el cogollo de la ciudad, invadirla, contaminarla. Mariano cerró la radio.

La gente de las bocacalles le miraba pasar en su coche. Algunos se quedaban quietos, con las manos en los bolsillos. Pensó: Se están preparando. Ahora echarán a andar y me acorralarán. Como en una película del Oeste. Como en *Solo ante el peligro*. Luego se sacó un pitillo y lo encendió con la mano izquierda.

—Cuidado que soy imbécil —dijo echando el humo—. Encima de que a la mayoría de ellos los he puesto buenos de algo.

Junto a la gasolinera detuvo el coche. A lo primero no vio a nadie allí. En seguida se abrió la puerta del bar y salió corriendo una chica, cruzándose la rebeca sobre el pecho. Se volvió a medio camino para contestar a algo que le decía un hombre que había salido detrás de ella. El hombre la alcanzó, la quiso coger por un brazo, y ella se separó bruscamente, llegó al lado del coche, Mariano le abrió la puerta de delante.

—Suba.

—¿Aquí con usted?

—Sí, ande, aquí mismo. ¿Es muy lejos?

El hombre los miraba con ojos de pasmo. Se había acercado un poco. Al echar a andar, oyó Mariano que decía:

—Joroba, chica, así ya se puede.

Pero ni él ni la chica le miraron.

—¿Muy lejos? No, señor. Siga hasta la segunda a la izquierda.

—¿Qué tal la enferma?

—No sé. No he vuelto por esperarle. La dejé con una vecina.

—¿No tienen ustedes padres?

—No, señor. La niña no es mi hermana, es hija mía.

—¡Ah! ¿Y el padre?

—No sé nada. En Jaén estará.

Mariano se volvió a mirar a Mila. Estaba inclinada de perfil, mirándose las manos enlazadas sobre su regazo. Llevaba una falda de tela de flores.

—Ya me acuerdo. Usted fue una que también estuvo enferma el año pasado o el anterior. ¿No tuvo una infiltración en el pulmón?

—Sí, señor. Perdone que antes le hablara un poco mal.

No había alzado los ojos. Miraba ahora los botones niquelados, el reloj, el cuentakilómetros.

—Qué tontería, mujer. ¿Tuerzo por aquí?

—Sí. Por aquí.

Pasaron la carbonería, las últimas casas bajitas. Empezó el campo.

—¿Y ya está usted bien?

—Yo creo que sí. Ya casi no me canso.

—Vaya una mañana por el Dispensario, de todos modos, que la vea por rayos X.

—Bueno. Es aquí a la vuelta. Deje el coche. Con el coche no puede ir más allá.

No se veían casas. Dejaron el auto en el camino. Había un perro en un montón de basura. Bajaron por un desnivel de la tierra. Caía la lluvia por unos peldaños excavados del uso y formaba un líquido marrón. Abajo unos niños pequeños recogían el barrillo en latas de conserva vacías. No se apartaron.

—Quita, Rosen —dijo la chica dándole a uno con el pie.

—Mira, Mila, chocolate express —dijo el niño enseñándole las manos embadurnadas.

Al final de las escalerillas apareció una hondonada rodeada de puertas excavadas en la tierra, diseminadas desigualmente, repartidas a lo largo de pequeños callejones. Ya estaba bastante oscuro. Blanqueaba lo caleado.

—Tenga cuidado por dónde pisa —advirtió la chica a Mariano—. Se pone esto perdido en cuanto caen cuatro gotas. Luego se adelantó y separó la cortina que estaba tapando una de las puertas. Mariano se tropezó con un puchero de geranios.

—Espere. Pase.

Se vio dentro la sombra de una persona que se levantaba.

—¿Qué tal, Antonia?

—Yo creo que peor. Ha estado delirando. ¿Traes al médico?

—Sí. Enciende el carburo, que vea. Pase. Está aquí.

A la luz del candil de carburo se vio un pequeño fogón, y a la derecha la cama donde estaba acostada la niña. Era rubia, de tez verdosa. Respiraba muy fuerte. Se acercaron.

—A ver. Incorpórela.

—Andrea, mira, ha venido el que te puso buena de la otra vez.

La niña entreabrió unos ojos muy pálidos. Dijo:

—Más que tú... más que ninguna. Todo de oro.

—Tome otra almohada, si quiere.

—Usted sujétela bien a ella. Así. La espalda.

La niña se debatía. Jadeaba.

—Qué miedo. Tiros... tiros.

—Quietecita. Quietecita.

Vinieron a la puerta más mujeres. Se pusieron a hablar cuchicheando. Salió la vecina que estaba dentro.

—Callaros, este médico se enfada mucho cuando habla la gente. Es muy serio este médico.

—¿Qué dice? Es el que puso bueno a mi marido.

—No sé, no ha dicho nada todavía. Ahora le anda mirando los oídos. Total no sé para qué. Está ya medio muerta.

—Criaturita.

—Mejor que se muera, si va a quedar con falta.

—Sí. Eso sí. Nunca se sabe lo que es lo mejor ni lo peor.

Mila estaba inmóvil, levantando el candil.

Mariano miró un instante su rostro iluminado. Luego se salió a la débil claridad de la puerta y ella le siguió.

—Dice usted que la última inyección de estreptomicina se la han puesto a las cinco.

—Sí, señor.

—¿Quiere lavarse? —preguntó la vecina que había vuelto a entrar y estaba un poco apartada.

—No. Es lo mismo. No tiene usted padres, dice, ni parientes.

Mila se echó a llorar. Asomaron los rostros de las otras mujeres.

—Una tía en Ventas, pero no nos hablamos. ¿Es que se muere?

—Es un caso gravísimo. Hay que hacer una operación en el cerebro. A vida o muerte. Si se le hace en seguida, hay alguna esperanza de que pueda sobrevivir. Usted verá. Yo puedo acompañarla al Hospital del Niño Jesús en mi coche.

—¿Qué hago? ¿Qué hago? Dígamelo usted, por Dios, lo que hago.

—¿Qué quiere que le diga, hija mía? Ya se lo he dicho. Aquí, desde luego, se muere sin remedio.

—Vamos —dijo Mila.

Mariano miró el reloj.

—Venga. Échele un abrigo o algo. No se ande entreteniendo en vestirla del todo.

A Mila le temblaban las manos. Había destapado el cuerpo flaco de la niña y estaba tratando de meterle unas medias de sport.

—Ese mantón, cualquier cosa.

—Mujer —dijo la vecina, acercándole el mantón—. También si se te muere allí en el hospital.

La niña respiraba con un ronquido seco. La piel le quemaba. Mila levantó un rostro contraído.

—¿Y qué más da en el hospital que aquí? Mejor allí, si vas a mirar. ¿No has oído que aquí se muere de todas formas?

Arrebujó a la niña en una manta y la cogió en brazos.

—Dame, que te ayude.

—No, no. Quita.

—Traer un paraguas, oye, o algo. Corre.

Lo trajo de su casa una mujer. Un paraguas pardo muy grande. Lo abrió detrás de Mila. Salieron. Estaba lloviendo mucho. Las vecinas agrupadas abrieron calle. Luego echaron a andar detrás. El rostro de Andrea colgaba por encima del hombro de Mila; sólo una manchita borrosa a la sombra del paraguas.

—Angelito.

—Tiene los ojitos metidos en séptima.

El médico se adelantó a abrir el coche. Subieron los peldaños. Los niños de antes ya no estaban. Casi no se distinguían unas de otras las caras de las mujeres que iban siguiendo el cortejo. Mila había dejado de llorar. Colocó a la niña echada en el asiento de atrás y ella se sentó en el borde, sujetándole la cabeza contra su regazo.

—¿Quieres que vaya contigo? —preguntó Antonia metiendo la cabeza.

—No, no. Voy yo sola. Gracias. Déjalo.

Cerraron la portezuela. Dentro del auto estaba muy oscuro.

—Andrea, mira qué bien, bonita, en coche —dijo inclinándose hacia la niña, que había dejado de agitarse.

Mariano puso el motor en marcha y las mujeres se quedaron diciendo adiós en lo alto del desmonte. Al salir a la calle del centro, ya había luces encendidas, y allá lejos, al terminar la cuesta, se veía el vaho morado de Madrid, de los anuncios de colores, y perfiles de altos edificios contra el cielo plomizo. Pasaron otra vez por el bar de la gasolinera.

—Vaya de prisa —le dijo Mila al médico—. ¿La podrán operar en seguida?

—Espero que sí. Es usted muy valiente.

La niña estaba tranquila ahora. Mila no se atrevía a mirarle la cara ni a mover de postura la mano que había puesto en su mejilla. No quitaba los ojos del cogote del médico.

—No, no soy valiente —dijo con un hilo de voz.

Luego cerró los ojos y se echó un poco hacia atrás. Estaba mareada del vino de antes; las piernas, de tan flojas, casi no se las sentía. Así, con la cabeza apoyada en el respaldo, notando sobre sus rodillas el peso del cuerpo de Andrea, se sintió tranquila de repente. Si abría los ojos, veía las luces de la calle y los hombros del médico. Qué bien se iba. Era casi de noche. Las llevaba el médico a dar un paseo a las dos. Un paseo muy largo, hasta muy lejos. A Andrea le gustaban mucho los autos. El médico guiaba el coche y las llevaba. Ella no tenía que hacer nada ni pensar nada. Lo malo es cuando hay que tomar una decisión, cuando le hostigan a uno a resolver solo las cosas. Ahora no. Ahora dejarse llevar por las calles.

Abrió los ojos bruscamente. Un paso de peatones. Un frenazo. El auto se había iluminado de luces vivas. Mariano volvió la cabeza.

—¿Qué tal va esa enferma?

Y vio el rostro de Mila que le miraba ávidamente con ojos de terror. Estaba rígida, con las manos separadas hacia atrás.

—Mírela usted —dijo con voz ahogada—. Yo no me atrevo a mirarla. No me atrevo, no me atrevo. Usted mire y me lo dice. No la quiero ni tocar. No puedo. ¡No puedo...!

Apartó la cabeza hacia la ventanilla, escurriendo el contacto del otro cuerpo, agitada por un temblor espantoso. Se mordía las uñas de los dos pulgares. Allí al lado, esperando también la luz verde para pasar, había otro coche, y dentro un perro de lanas negro la miraba con el hocico contra su ventanilla.

—Dígamelo en seguida lo que sea —pidió casi gritando.

Mariano, arrodillado en el asiento, vio el rostro sin vida de la niña, sus ojos inmóviles abiertos al techo del auto. Alargó un brazo para tocarla. Mila había empezado a llorar convulsivamente y hacía mover con sus rodillas el rostro de la muerta. Mariano le cerró los ojos y le subió la manta hasta taparle la cara. Bajó el respaldo de delante.

—Ya no se puede hacer nada. Lo siento. Pase usted aquí conmigo, ande, yo la acompaño. Ande mujer, por favor. Aquí no nos podemos parar mucho.

Mila se saltó al asiento de delante. Le había dado una tiritona que le sacudía todo el cuerpo con violencia. Se abrazó a Mariano y se escondió contra su pecho. La sentía frenéticamente pegada a él, impidiéndole cualquier movimiento, sentía la forma de su cuerpo debajo de la blusa ligera. Los coches empezaron a circular. Hizo un movimiento para separarla.

—Vamos, vamos, mujer, no se ponga así.

—La niña. Mírela. No se vaya a caer al suelo.

Hablaba tartamudeando, resistiéndose a sacar la cabeza de su escondite. Los sollozos la estremecían.

—No se preocupe de nada. Yo la acompaño hasta su casa, yo saco la niña y lo hago todo. Pero suélteme. No me deja conducir.

Mila se separó con la cara descompuesta, agarró el brazo que ya guiaba de nuevo.

—¡A casa no, por Dios, a casa no! Ya es de noche. A casa no, qué horror. Lléveme a otro sitio.

—Pero ¿adónde, mujer? No diga disparates. Tenemos que llevar a la niña. No me ponga nervioso.

—Por eso. No me quiero quedar sola con ella por la noche. No la quiero ver. No la quiero ver más. ¡Yo a casa no vuelvo! La dejamos en el Depósito o donde sea, y a mí me lleva usted a otro sitio.

Le agarraba la manga derecha, se la besaba, llenándosela de lágrimas y de marcas rojizas de los labios. Daba diente con diente.

Mariano le pasó un momento la mano por los hombros.

—Vamos. Tranquilícese. Allí en el barrio no está usted sola. Están aquellas mujeres que la conocen y la acompañarán. Levante la cabeza, por favor; me va a hacer tener un accidente.

Ya habían dado la vuelta y emprendían otra vez el mismo camino.

—Le digo que no. Al barrio no. No quiero a nadie allí. No tengo a nadie. ¿Cómo voy a volver a esa casa? Lléveme con usted.

—¿Conmigo? ¿Adónde?

—Usted tendrá algún sitio en su casa. Tendrá una casa grande. Aunque no sea más que esta noche. Me pone una silla en cualquier rincón y allí me estoy. Yo se lo explico a su mujer, o a su madre, o a quien sea. Sólo hasta mañana. Y a lo mejor mañana me quieren de criada.

Mariano continuó calle adelante. Aunque llevaba los ojos fijos en la calle, sabía que Mila estaba allí, vuelta de perfil, colgada de lo que él decidiera, y no era capaz de abrir los labios.

—Yo comprendo muy bien lo que usted siente —dijo con pausa—. Pero se tiene que fiar de lo que yo le digo, porque usted no es dueña de sí. Allí en el barrio hay gente que la quiere. Esta tarde lo he visto. Volver allí es lo mejor, créame, lo más razonable.

Mila sacó una voz rebelde, como la de antes por teléfono.

—¡Dice usted que comprende! ¡Qué va usted a comprender! Ni lo huele siquiera lo que me pasa a mí. ¿Cómo quiere que vuelva a ese barrio? ¿A esa casa? ¿A esa casa? ¿A seguirme descrismando y siendo decente? ¿Y para quién? Si vuelvo es para echarme a la vida. Si vuelvo, se acabó; todo distinto, ya se lo digo desde ahora. Esta misma noche salgo de penas.

—No diga disparates. El miércoles hablo yo con

Sor María para que se ocupen un poco de usted, ya que no tiene ningún familiar.

—Gracias —dijo Mila con resentimiento—. Pero no se moleste. No necesito los cuatro trapos de caridad que me vayan a dar. Si vuelvo al barrio, le juro por mi madre que lo que voy a hacer es lo que le he dicho.

Mariano dijo, sin volverse.

—Ya es usted mayor. Usted sabrá. A lo mejor mañana piensa otra cosa. Ahora no sabe ni lo que dice.

Mila se arrebujó en la esquina y no volvió a decir nada. Se tapó los ojos con las manos, luego subió los pies al asiento, enroscada, sintiendo el calor de su propio cuerpo, como un caracol. Una mano y otra. Las rodillas. El vientre. No se le quitaba la tiritona. El médico siguió dando algunos consuelos y luego dejó de hablar también. Sabía que la miraba de vez en cuando. Luego se pararon y debió de avisar él por algún niño, porque en seguida vinieron las mujeres, alborotando mucho, pero ella esperó y no se movió de su postura hasta que la sacaron a la fuerza de allí. A la niña la debieron sacar antes, unos ruidos que oyó. No quería mirar a ninguna parte. Tenía las manos heladas.

Mariano se quedó en lo alto del desnivel, mirando cómo la arrastraban las otras hacia el hoyo de casitas caleadas. Esperó que volviera la cara para mirarle, que le dijera alguna última palabra, pero no lo hizo. Todavía la podía llamar. Formaba un bulto con las mujeres, una mancha que se movía peldaños abajo, y se alejaba el rumor de las palabras que le iban diciendo las otras y de sus hipos amansados. Ya era noche cerrada. Se habían roto las nubes y dejaban charcos de estrellas. Mariano subió al coche. Abrió las ventanillas de par en par. Eran casi las diez. Isabel se habría enfadado. Por la calle del centro puso el coche a ochenta, entraba un aire suave y húmedo. Siempre con los retrasos. «Y seguro que por un enfermo que no era de pago», le iba a decir Isabel. Pero no podía pensar en Isabel. Que se enfadara, que se pusiera como fuese. Esta noche no la llamaba. Se le cruzaba la carita de Mila abrazada contra su solapa. Lléveme a algún sitio. Lléveme. Lléveme. Todavía podía volver a buscarla. Puso el coche a cien. Llevarla a algún sitio aquella misma noche. No hacia falta que fuera en su casa. Al estudio de Pancho, que estaba en América. Le gustaría estar allí. Se podía quedar él con ella. «Mamá, que no voy a cenar.» Pero Dios, qué estupideces. Puso el coche a ciento diez. Pasó la boca del Metro. Ya estaba fuera del barrio. Respiró. Estaba loco. Había hecho mucho más de lo que tenía que hacer. Mucho más. Sin obligación ninguna. Otro no se hubiera tomado ni la mitad de molestias. Estaba loco. Remorderle la conciencia todavía. Si se liaba con uno, él qué tenía que ver. Como si fuera la primera vez que pasa una cosa semejante. A saber. Igual era una elementa de miedo, igual estaba harta de correr por ahí. A casa la iba a llevar; menuda locura. Y sobre todo que él no tenía que ver nada. Le hablaría a Sor María el miércoles. Corría el coche por las calles y Mariano se sentía mejor. A Isabel no le diría nada de que la niña se había muerto en el asiento de atrás. Capaz de tener aprensión, con lo supersticiosa que era, y de no querer volver a montar. Una ducha se daba en cuanto llegase. Pero antes llamaba a Isabel. Claro que la llamaba. Aunque riñesen un poco. Qué ganas tenía ya de casarse de una vez.

En Cibeles se detuvo con la riada de los otros coches. Se había quedado una noche muy hermosa.

LA MUJER DE CERA

Muchas veces he acompañado a mis amigos, innumerables veces. He entrado con ellos en portales desconocidos y oscuros, y hemos subido los gastados peldaños de la escalera, o en alguna ocasión, poco frecuente, por el hueco arriba, montados en un renqueante ascensor. Les he seguido silenciosamente a inconcretos negociados con mucho espacio libre, piso de madera manchada de tinta, mamparas de cristales y algún banco vacío; a vestíbulos modestos de pensión o casa particular, a agencias donde se recogen y envían paquetes. En todos estos lugares, hemos tenido que esperar mucho, y nos hemos entretenido viendo entrar y salir por las diversas puertas del pasillo a personas apresuradas y seguras, a veces demasiado sonrientes, que no han reparado siquiera en nosotros. Si pasaba demasiado tiempo sin que nos atendieran, nos levantábamos y nos íbamos con el propósito de volver otro día, o bien alguno de mis amigos nos decía que esperásemos allí y se aventuraba por las dependencias de la casa o de la oficina para ver si encontraba a la persona que supiera darle razón acerca del asunto que allí nos había llevado. Luego volvía y decía: «Ya nos podemos ir», sin explicarnos ninguna otra cosa, ni nadie de nosotros se lo preguntaba. Los demás quizá lo sabían para qué habíamos ido allí. Yo, más o menos, me lo figuraba. Siempre se trata de recoger algún recado que manda uno de provincias, o de protestar de un impuesto o de una multa, o de localizar a un individuo que puede darnos informes acerca de una colocación. O, sobre todo, de tratar de cobrar algún dinero.

Luego, cuando hemos acompañado a nuestro amigo a hacer el recado del día, ya nos podemos ir a la taberna a terminar la tarde. Casi nunca hacemos más de un recado en la misma tarde, porque es muy fatigoso; y, si alguno de los demás necesita hacer también una cosa suya ese día, suele, a pesar de todo, demorarla para el siguiente. Esto, más que nada, porque las siete de la tarde en seguida se echan encima, y a esa hora todos los ciudadanos tienen derecho de ir a sentarse en algún lugar. Y, además, porque, dada la poca esperanza de éxito que nos suele acompañar en estas enredosas y confusas diligencias, el dejarlas para mañana es como dar un respiro a esta esperanza, permitir que se asiente, asegurar el sueño de esa noche y darle sentido a la luz que amanezca en nuestra ventana al siguiente día.

Yo hoy he venido con Ambrosio. A mí me han hecho pasar a este despacho que ya conozco de otros días, y él está esperando fuera. Por todo lo que acabo de explicar, no me violenta nada que espere y apenas me acuerdo de él. Sin embargo, es seguro que ya habrá encontrado cosa con qué distraerse. Esperar es tan habitual en mis amigos, que han llegado a ser maestros en esta ocupación tan monótona y amarga para muchos.

En el despacho hay dos mecanógrafas bastante

guapas. Una de ellas está hablando por teléfono en voz muy baja, lo que me hace suponer que sostiene una conversación de amor. De vez en cuando hace un pequeño giro en su silla y se queda de medio perfil mirando sabe Dios adónde, y se sonríe. Parece que huye, que se echa a volar de la habitación. La otra chica está más cerca de mí, pero tampoco me ha mirado ni una sola vez. En cambio, se mira mucho las uñas. Escribe a desgana y hace grandes pausas en su trabajo. En realidad, deben ser más de las seis; a estas muchachas ya les debía dar suelta para que se marcharan con el novio. No hay derecho a que sigan encerradas. Desde las seis en adelante sólo se trabaja por el qué dirán, en función de la hora de salir, y no puede contar nada de lo que se haga, si es que se hace algo. Es como al final de un partido de fútbol, cuando los jugadores echan las pelotas fuera del campo.

Se ha abierto la puerta y ha entrado el individuo que se fue antes, el que dijo que iba a enterarse de lo de mi asunto. Me parece demasiado pronto para que venga ya con una contestación y no me muevo siquiera. No es que haya otras personas esperando ni, a lo que parece, ningún trabajo en absoluto, pero esto no tiene nada que ver. Es demasiado pronto de todos modos. Por eso me sorprende mucho ver que se dirige a mí y mucho más todavía que me tiende unos papeles cuidadosamente unidos por una grapa.

—Ya está, ¿quiere firmar aquí, por favor?

Saco la pluma estilográfica. No pensé que la iba tener que usar esta tarde.

—¿Aquí?

—Sí. Y aquí, por favor. Y aquí también, y aquí.

Los papeles son cuatro. No me fijo demasiado en

ellos, pero así, al pasar, me parece que en todos pone lo mismo. Para lo que los quieran, allá ellos. Cuando termino de poner las firmas, levanto los ojos y le miro con curiosidad. Está estampando un móvil en el primero de los papeles. Lo arranca; me lo da.

—Ahora pase a caja, al final del pasillo.

—Muchas gracias. ¿Me van a pagar?

—Sí señor.

Salgo. Tiro por el pasillo adelante. El hombre de la caja bosteza en su jaula. Coge el papel con parsimonia.

—¿Usted es Pedro Álvarez?

—Sí señor.

—Así que doscientas cincuenta. Menos el cinco por ciento, doscientas treinta y siete con cincuenta, ¿no es eso?

—Sí, sí, eso.

Como que me voy a molestar yo en andar haciendo la cuenta. Que me dé lo que sea. Con dos duros mismo me conformaría para esta tarde. Todo me cae como un regalo.

—Pues aquí tiene. ¿No tendrá usted los dos reales?

—Pues... no. Pero déjelo, es lo mismo.

—No, no, tome. Mire a ver si está bien.

—Sí, bien está. Adiós.

En el vestíbulo recojo a Ambrosio y salimos. Da gusto respirar el aire de fuera.

—¡Qué poco has tardado, oye!

—¿Sí? ¿Qué hora es?

—Antes oí las siete menos cuarto.

—Ya ves, pues me han pagado.

—¿Te han pagado? ¡Qué bien!

—Después de casi un año. Yo venía por inercia, por venir.

—Sí, claro. Siempre se viene igual.

No me pregunta qué cosa me han pagado, ni creo que lo sepa. La tarde está nublada, de un gris rojizo, con nubes por poniente, allá al final de la calle, encajonadas entre las casas, como bocas rasgadas y sombrías. Cruzamos las calles céntricas mirando los anuncios luminosos que han empezado a brillar en las fachadas, oyendo pedazos de conversaciones de la gente, que nos roza con sus cuerpos en las aceras, esperando la señal del guardia para pasar: «...un fenómeno el tipo ése, un verdadero fenómeno». «...la falda en gris y amarillo, ¿sabes?, con mucho vuelo...» «Y yo le dije, ¡ay hijo, de ninguna manera!...» «...sí, sí, salió anteayer del hospital.» «...conque le oí gritar, porque vivimos tabique, y le dijo a Jesús...» La gente se ve envuelta en sus trozos de conversación, arrastrada por ellos; se esfuma, desaparece, dejando por el aire minúsculos jirones de lo que va diciendo, de voz, de risa, como pedacitos de serpentina.

Ambrosio y yo nos metemos por una calle peor iluminada, de aceras estrechas. Estas calles laterales son las de uno, calles de niños, de vecinos, de algún perro, y en ellas se descansa. Dan ganas de pararse y liar un cigarro debajo del primer farol. Vamos andando uno al lado de otro, despacio, sin hablar. Realmente, no tenemos muchas cosas que decirnos. Ambrosio anda ligeramente encorvado, un poquito delante de mí, con las manos metidas en los bolsillos de la gabardina. De vez en cuando, si viene una ráfaga de aire más frío, parece que se amontona la masa de su cuerpo, que se hace más dura y consistente. Tiene un contorno rotundo, palpable. A su lado se va en compañía, pero no se siente uno comprometido a nada por el hecho de ir con otro: va uno tan libre como solo, aunque sin tanta soledad. En la primera esquina está nuestra taberna con su viejo letrero encima de la puerta:

NÚMERO 5. TIENDA DE VINOS. NÚMERO 5.

Hemos llegado. En la acera de enfrente todavía están iluminadas las verdulerías y las tiendas de carbón. Ambrosio empuja la puerta y entra soplándose los dedos. Yo, detrás.

—Buenas tardes, Ramón.

El tabernero, que está enjuagando una frasca detrás del mostrador, levanta los ojos y nos mira. Luego hace el gesto de siempre, señalando con la barbilla la única mesa del fondo que está ocupada.

—Allí están.

De la mesa se han alzado unos rostros que nos saludan.

Cuando vamos a pasar, por delante del mostrador, el tabernero me hace una seña a mí para que me acerque. Me separo del otro, me detengo.

—Oye, Pedro, ha llamado tu mujer.

—¿Mi mujer? ¿Qué quería?

—No sé; no me lo ha dicho.

—¿Va a volver a llamar?

—Me parece que no. Sólo dijo: «Dígale que he llamado... o mejor no, no le diga nada». Pero yo te lo digo por si acaso. Parecía que estaba nerviosa.

Se ha apoyado de codos en el mostrador y me está espiando el rostro. Me molesta este tipo con su aire de misterio, de barruntar tragedias. Parece como si esperase de mí una urgente decisión, pero yo no tengo por qué tomar ninguna. ¿Qué motivo de alarma puede haber? Le alargo un cigarro y yo cojo otro.

—Muchas gracias, Ramón, voy a ver qué cuentan estos.

Cojo un vaso vacío. Arrastro un taburete hasta la mesa de los amigos. Hay uno rubio de gafas, que no conozco.

—Hola, ¿qué hay?

—Ya ves...

Me sirvo vino de la botella que está en el centro de la mesa. Mi mujer, ¿qué querría? Solamente ha llamado a la taberna en dos ocasiones, cuando tuvo el aborto y cuando me fueron a buscar aquellos tipos. Pero Ramón ya la conoce por la voz. El primer día, para darme a entender que la compadece, me dijo que tenía voz de santa. Hoy dice que estaba nerviosa. Ella siempre habla con esa voz dulce, como martirizada. En el fondo, me gusta que haya llamado. Es buena señal. Se somete otra vez, ya se arrepiente del enfado de anoche, de sus escenas histéricas. Me echa de menos, me llama. No hay cosa mejor que no aparecer por casa en todo el día para que los nervios se apacigüen. Me estaré un ratito aquí con los amigos, y luego voy.

—Oye tú, Pedro, qué callado estás. Servirle más vino a Pedro, a ver si se despabila.

Los amigos están sentados en corro y chupan sus cigarros con indolencia. Juegan con los dedos encima de la mesa, hacen dibujos con las briznas de tabaco desparramado. Siempre esperando a que alguno de los demás diga algo, pero con pausa, sin importarles mucho que lo diga o lo deje de decir. Se abisman en el color transparente del vino, dejan los ojos allí, a buen recaudo, como si los refugiaran. Los ojos se columpian en la superficie lisa del vaso de vino. Hoy el rubio nuevo habla más que los otros. De lo que dicen saco en limpio que es un holandés y que lo ha traído Dámaso. Pregunta muchas cosas acerca de España. Piden otra botella, empiezan a estar animados. Yo, en cambio, lo estoy menos cada vez; me empieza a disminuir la seguridad fanfarrona con la que me quiero cubrir siempre. A lo mejor a Marcela le pasaba algo realmente serio. No estoy a gusto aquí. Ella habrá telefoneado desde la tienda de ultramarinos, pero allí no adelanto nada con llamar; ni nos conocerán por el nombre.

Ahora están hablando de que nosotros, los españoles, somos un pueblo desordenado y altivo, de fuertes contrastes. Alguien hace una comparación con el pueblo ruso. Hablan de literatura rusa. Yo he leído casi todo Dostoievski; podría intervenir mucho en esta conversación; pero no tengo ganas.

Vienen unas aceitunas negras y son recibidas calurosamente. Lo mejor será que me vaya cuanto antes, porque hoy esto se va a liar. Ya no queda nada en la nueva botella. Traen otra. Si no fuera por la riña de anoche, no tendría esta inquietud, pero es que pocas veces he visto a Marcela con el coraje de anoche. Cogió una manta y se fue a dormir a la cocina. Y lo malo es que no lloró ni una lágrima, estaba terriblemente seria, sobre todo cuando dijo: «Éste es el final. Alguna vez las cosas llegan al final. Acuérdate de lo que te digo». Durante todo el día, en que no he aparecido por casa, no había vuelto a recordar, hasta ahora, la mirada que tenía al decir estas palabras. Me sirvo otro vaso de vino y lo apuro de un trago. Después otro y otro. Dámaso se ríe y dice:

—Vaya, Pedro, parece que te animas.

—Es que me tengo que ir y no quiero pasar frío en la calle.

—¿Qué te quieres ir? ¿Ahora?

Han levantado la cabeza y me miran con asombro.

—Pero oye, si son las siete y media.

Yo sé que, aunque me vaya, aquí, en este rincón de la taberna las cosas seguirán el mismo curso que si me quedase, y ellos lo saben también, pero les desconcierta lo insólito del caso. Siento un cosquilleo de pereza rodillas arriba. Me gusta sentirme retener por los amigos. Es pronto. Luego de estar en casa, ya no sabe uno con qué pretexto volver a salir. Termino el vaso. Verdaderamente, qué a gusto podría estar yo hoy aquí.

—Vamos, quédate, ¿qué prisa tienes?

—No, de verdad. Tengo que ir un momento a casa. Seguramente volveré a venir.

Ea, ya estoy de pie. Levantarse era lo más difícil. Pongo dos duros encima de la mesa, y me despido.

—Adiós, hasta luego o hasta mañana.

—Pero, hombre, procura volver.

—Sí, sí, seguramente. Adiós. Adiós, Ramón.

Por éste lo siento tener que marcharme. Se quedará pensando que voy a cumplir con mi obligación, y tonterías por el estilo.

Al salir me levanto el cuello de la gabardina. Viene un aire hostigado y ha empezado a llover. Echo a andar a buen paso. Debajo de las bombillas, contra las paredes negras, se marcan los hilos oblicuos de la lluvia, luego desaparecen en los trechos sin luz; allá danzan de nuevo fugazmente; se borran a mi paso. Otra vez se amontonan en la boca del Metro delante de los bultos de la gente que sale. Bajo las escaleras. A mí me gusta este olor, me gusta viajar con luz artificial debajo de la tierra, y acordarme de que encima está entera la ciudad, que puede derrumbarse toda con sus luces y aplastarnos. Se siente vértigo y escalofrío, una enorme emoción, el riesgo, la prisa de escapar. Acaba uno deteniéndose en los rostros de los viajeros que van más cerca, considerándolos con cierto afecto y compasión, como a posibles compañeros de muerte. A estas horas el Metro va muy lleno, pero me he podido sentar.

Enfrente de mi asiento van dos mujeres con niños agarrados entre las piernas. Los niños se mueven sin cesar, le tiran de la manga a la madre, miran el techo, los letreros, la cara de la gente, el túnel largo y misterioso. Darían, sin duda, cualquier cosa por poderse bajar en ruta a lo oscuro y jugar a bandidos, a la cueva del tesoro. Pero sería de mucho miedo. Las madres hablan a voces, esquivando las cabezas de los niños para poder verse la cara. «Éste es más listo que el hambre; el año pasado... ¡quita hijo que me despeinas!...» En los ojos de la otra hay un gesto muy raro entre esquivo y atento, como si estuviera concentrada en poner cara de escuchar. Me aburro de mirarlas.

A mi lado, junto a la ventanilla, también va sentada una persona. Desde que el Metro se ha puesto en movimiento me siento captado por la presencia de esta persona, pero no la he mirado todavía. Siento, sin embargo, la impresión de que ella me está mirando a mí. Tal vez por eso he intentado liberarme atendiendo a las mujeres que viajan enfrente, pero no han conseguido hacerme olvidar a esta otra. Yo pertenezco a la órbita de esta otra. Es, también, una mujer.

He fingido mirarme las manos y he visto sus rodillas cubiertas con una falda negra, de paño tosco. Unas rodillas abultadas, irregulares, como si hubieran tenido demasiado uso. Luego ha dejado asomar uno de los pies, calzado pobremente, lo ha levantado un poco, y he visto que tenía la suela del zapato completamente desprendida y la superficie manchada de costras de barro. Lo ha dejado un poquito en el aire y lo ha vuelto a posar en el suelo, exactamente cuando ha comprendido que yo ya lo había visto. Me lo estaba enseñando a mí. Era el gesto de enseñármelo a mí, ella, su pie. No cabía duda. Me sentí sobrecogido al darme cuenta. Aquella mujer desconocida, cuyo rostro ni siquiera había visto, me mostraba su pie como en un extraño saludo hecho a un amigo de otros tiempos; o más todavía, como si llevase a cabo una contraseña. Aquella mujer —estaba seguro— me miraba fijamente esperando que levantara mis ojos hacia ella. Allí cerca. A mi lado. Me estaba mirando. ¿Por qué me daba miedo levantar la cabeza? Era miedo, realmente. Y estábamos todavía dentro del mismo túnel interminable. Soy imbécil —pensé—; me estoy volviendo imbécil. Y decidí mirarla. La miré bruscamente, con desafío.

Ella torcía la cabeza hacia mi lado, y en sus ojos había un terrible espanto. Eran unos ojos negros, atrozmente grandes y el rostro parecía mucho más viejo que ellos, pálido como era, borroso, surcado de arrugas contradictorias. No distinguí boca, ni pómulos ni apenas nariz. Solamente los ojos estaban vivos en aquel rostro que era como de otra persona. Gritaban, pedían algo, se prendían en mí, igual que dos teas encendidas. ¿Será muda? —pensé—. Durante un cierto tiempo mis ojos se fundieron con los de aquella mujer y me entró todo el desasosiego de su mirada. Luego ella hizo un gesto, apenas perceptible, de bajar un poco la vista, y me pareció que quería enseñarme algo que llevaba en las manos. Vi entonces que apretaba contra su pecho un envoltorio del tamaño de un niño recién nacido y que lo tapaba celosamente con el mantón que llevaba puesto. También sus manos y sus brazos se ocultaban enteramente dentro de él. Sacó una mano y aflojó la presión que hacía contra el envoltorio. Abrió una pequeña ranura en el mantón y se acercó más a mí. Mis piernas estaban pegadas a las suyas y sentía su aliento. Miré dentro del bulto —no podía hacer otra cosa—, y apenas pude ahogar un grito de horror. En seguida ella lo volvió a tapar y recobró su postura primitiva. Había sido sólo un instante, pero ya no pude volver a alzar la cabeza para mirarla; estaba paralizado. Dentro del mantón de aquella mujer había visto un niño de pecho muerto a cuchilladas. Tenía una en el cuello y otra en un lado de la cara, hacia la sien, y el resto del cuerpo lo llevaba tapado con toallas o trapos manchados de sangre por algunos sitios. Del lado herido, la cabeza se vencía, blanda y fofa. Tenía la boca completamente abierta, y por toda la piel, engurruñada y violácea, se extendían unas manchas mohosas como las que se ven en algunas frutas pasadas.

Despacio, sin mover el cuerpo, dirigí los ojos al asiento de enfrente y experimenté cierto consuelo al darme cuenta de que las otras mujeres seguían hablando de sus cosas sin haberse apercibido de nada. Ahora los niños andaban por el pasillo y se reían. Tampoco ellos habían visto lo que iba en el envoltorio. Nadie. Nadie más que yo. Esto, por otro lado, aumentaba mi malestar. Me sentía cómplice de aquel asunto porque deseaba con toda mi alma que nadie lo descubriera. Todavía faltaban dos estaciones para llegar a la mía, pero me levanté y eché a andar hacia el fondo del vagón. No podía estar allí sentado más tiempo. Eché a andar sin volver la cabeza. Tenía la certeza de que la mujer también se había levantado y me había seguido, pero no miré para atrás y me apreté entre las personas que esperaban cerca de la puerta. Se abrieron las dos hojas y luego empezó el otro túnel. Qué largo. No se terminaba. Ya llegó. Ya, allí, las luces rojas. Y las puertas, ¿qué pasa que no se abren? ¡Venga! ¿Pasará algo?... No, ya parece que las abren; ya las abren. Ya estoy fuera. Ya.

He subido las escaleras de dos en dos hasta la calle. La lluvia ha arreciado y hace mucho frío. Me meto aceleradamente por las callejas menos frecuentadas y por algunos trechos casi voy corriendo. A la gente que me vea no le puede extrañar. Como llueve tanto. Cada vez llueve más fuerte. Todavía queda un poco de camino hasta mi casa, pero es un camino familiar, sabido de memoria. La mercería, el hombre de los periódicos, el olor a pescado. Me voy sosegando. Un crimen corriente. Tantos motivos se pueden tener para hacer las cosas. Lo de que la mujer me miraba, pueden haber sido figuraciones. Estoy algo bebido. Y a lo mejor ni siquiera era un crimen, podía estar vivo el niño, padecer alguna enfermedad espantosa. Después de todo, a mí qué me importa. Nunca más voy a volver a ver a esta mujer. A mí me importa lo mío. Ya estoy llegando a casa. Me importa Marcela. La lluvia me empapa el pelo y me chorrea por la cara. Me despeja, me hace mucho bien. He aflojado el paso. Era una mujer con ojos de loca. A lo mejor estaba loca. A lo mejor el niño había nacido defectuoso y no lo podía mantener. Después de matarlo se habrá vuelto loca. Lo pensará tirar al río. Ya estoy llegando a casa. Los ultramarinos, la soldadura autógena, la bocacalle y el portal. Hoy ya no salgo más, no vuelvo a la taberna. Si Marcela quiere, bajamos al cine. Tengo dinero, la puedo llevar al cine. Eso sí.

Subo las escaleras y llamo a la puerta de casa. El corazón me salta de impaciencia. Me gusta que ella abra creyendo que soy otro. Aquí mismo, en la puerta, haremos las paces. Lo primero, enseñarle el dinero y decirle que se arregle, que vamos a ir al cine. No abren, no se oye nada. Son más de las ocho, ¿dónde puede haber ido?, las tiendas ya están cerradas. Saco la llave y al meterla en la cerradura me tiembla la mano. Soy un estúpido; qué imbécil soy. ¿Es que no voy a poder ver por la calle a una mujer con un niño muerto, o herido, o lo que sea? ¿Voy a tener el temple de los lectores de «El Caso»? Cualquiera se reiría de mí.

Entro en la casa. No hay luz en ninguna habitación. Se habrá quedado dormida. La alcoba es la puerta de la derecha. Doy la vuelta al interruptor. Está vacía y la cama deshecha, como yo la dejé al salir esta mañana, con el pijama tirado y los calcetines sucios por el suelo. Me quedo perplejo en el umbral, sin avanzar ni marcharme, con la sensación de haber llegado a punto muerto, a un callejón cerrado. Luego, de pronto, veo en la pared un papel clavado. Me acerco y lo despego. Está escrito por mi mujer. Dice: «Pedro, me voy. Tú no me necesitas para nada y te alegrarás. Yo, por mi parte, podré encontrar alguna paz lejos de ti. He ido al Banco. Del poco dinero que quedaba de lo de mi madre, me llevo lo indispensable para algunos gastos que pueda tener al principio, y el resto lo dejo en el armario, en el sitio de siempre. Tú sabes muy bien que me arreglaré, así que desde este momento no te vuelvas a preocupar más por mí. Lo que hago es lo mejor que se puede hacer en nuestra situación, y me figuro que estarás de acuerdo. No te guardo ningún rencor. Que Dios te proteja. M.».

Paulatinamente, a medida que leía, me ha ido creciendo un furor insolente, que ahora casi me hace temblar. Arrugo la carta, la pisoteo. «¡¡Cretina —digo muchas veces—, tía cretina!!» No puedo resistir este tono de renunciación y sacrificio, me irrita hasta lo insoportable imaginármela llorando y sintiéndose heroína, incomprendida. Ya volverá, si quiere. Con su pan se lo coma. No me durarán mucho las vacaciones, no. Como que va a dormir tranquila acordándose de que yo estoy aquí solo, de que puedo traerme a otra para que me haga compañía. A lo mejor vuelve esta misma noche. Lo habrá decidido cuarenta veces y otras cuarenta se habrá vuelto a arrepentir. Es capaz de estar escondida por ahí en alguna habitación. Esta idea me sacude y recorre todo el cuerpo. Me pongo a llamarla y a buscarla por todos los rincones de la casa, fuera de mí, renegando y maldiciendo, dando portazos, abriendo armarios, levantando faldillas y cortinas. La casa es pequeña y acabo en seguida mi búsqueda inútil. Vuelvo a la alcoba. Estiro el papel y lo releo, sentado en la cama. Me tiemblan las manos. No sé lo qué me pasa. A mi furor ha sucedido un bache de miedo, de sentirme en atroz soledad. Pienso en la taberna como en un refugio, pero me acuerdo de la mujer del Metro y no soy capaz de salir al pasillo para irme. Sin embargo el deseo de escaparme es más fuerte que nada. Me da náusea estar parado en la habitación sin ventilar, que huele a cataplasma fría, a exvoto de cera; es urgentísima la huida. Llegar a la calle que está llena de gente, meterse en el ruido, en la luz y olvidarse de todo. Perderse.

Salgo sin apagar las luces, bajo atropelladamente la escalera. Ya estoy fuera del portal. Sigue lloviendo con fuerza. Los zapatos me calan y tengo los pies fríos. También la mujer del Metro tenía los zapatos muy viejos, con la suela desprendida. Ella me enseñó sus pies. Es horrible lo que pasa, ¿me iré a volver loco?: a la mujer del Metro la relaciono absurdamente con Marcela. Creo que son la misma, que me intentan desconcertar. ¡Qué nervioso estoy! Querría estar ya borracho, vertiginosamente borracho para que todo se confundiera y fuese a la vez verdad y mentira, para no sentir este desamparo, ni el peso de mi cuerpo, ni la molestia de los calcetines mojados; para montar en ira y reírme y ser el rey del mundo.

Voy andando tan abstraído que he tropezado con alguien que está apoyado en la pared, en la primera esquina. Instintivamente me agarro al codo de esta persona, porque el encontronazo ha sido muy fuerte y voy a alzar la cabeza para excusarme; pero antes de llegar a la altura de su rostro, ya se me ha helado el «usted perdone» que quisiera decir, porque he reconocido los pies y las rodillas de la mujer del Metro. Ya no lleva en brazos al niño muerto, y me ha agarrado con sus manos lentas y angulosas, como de juguete mecánico. No lo he podido evitar porque el terror me inmovilizaba. Casi estamos abrazados en mitad de la acera, bajo la lluvia, y ella se ríe mirándome. Está muy cerca de mí. Le arden las manos, le refulgen los ojos, desbocados, implorantes, estampados sin piedad como boquetes de metralla en el rostro marchito. Se ríe a carcajadas, sollozando. No se puede sufrir. Me vienen a la cara las oleadas de su aliento asqueroso. Consigo soltarme y echo a correr despavorido, sin mirar por dónde voy, chocando contra los transeúntes, contra las paredes, contra los postes y los árboles. Yo no la conozco, no sé quién es, tiene la cara de carne podrida. Si me preguntan, diré que ella me persigue, que ella me llamó y me abrazó, que en la vida la había visto hasta hoy. A lo mejor nos han espiado. La estarán buscando. Quizá no fuera conveniente correr de esta manera. Quizá corriendo así me estoy mezclando más en el asunto. Me tiemblan las manos y los dientes; ni siquiera me fijo por dónde voy. Por allí va un coche vacío. ¡Taxi!... Que no me ha visto, que se me va... ¡Taxi..., taaxi!...

Llegué a la taberna fuera de mí. Abracé alborotadamente a los amigos y eché todo el dinero que tenía encima de la mesa. No me acuerdo de lo que dijeron ni de lo que dije yo. Sólo quería beber en seguida. Les prohibí que se fueran a cenar a sus casas y creo que casi todos se quedaron. Trajeron mucho vino, pero en seguida estaban vacías las botellas. Yo estaba sentado justo en el rincón, empotrado entre mis amigos, y nadie me podía sacar de allí. Veía la luz reflejada en los rostros pacíficos y alegres, y las cosas empezaban a girar y a perder consistencia. Si alguien me entraba a buscar, no me podría identificar entre aquel manojo de rostros iguales que zumbaban y se confundían. Había mucha gente sentada en nuestra mesa: siete, diez, catorce. Que venga más gente, que toda la gente de la taberna venga a sentarse aquí, que tapen el rincón, que nadie vea mi rostro, que se amontonen y me cubran; yo pago todo el vino.

Luego nos fuimos de aquel sitio a otro, y a otro, y a otro, y era maravilloso caminar con tanta facilidad y ligereza por las calles que tal vez eran enormes y vacías, tal vez minúsculas y aglomeradas, que eran de acero o de corcho, o de tela amarilla. Yo me sentía agitado por abstractos furores. No sabía distinguir si estábamos en un día de fiesta o de luto, pero de todas maneras era un día distinto, grandioso, tal vez el último que se pudiera aprovechar. Tampoco sabía a quién quería dominar y dirigir con mi impulso. Me había vuelto insolente y valentón, y arengaba a las gentes con las que nos tropezábamos, que me parecían muñecos de un teatrito de feria, a punto de desaparecer detrás del telón de colores. Me reía a carcajadas y ellos pasaban de largo o acaso me miraban con ojos de prisa y de sueño, sin pararse. Hubiera podido incluso golpearlos y se habrían venido al suelo sin oponer resistencia, como trapos inflados de aire. Mis amigos y yo formábamos una temeraria, invencible escuadrilla.

No sé qué hora sería cuando volví a casa. Nos habíamos quedado solos Ambrosio y yo en la esquina de un solar, y él estaba menos borracho. Me cogió del brazo y me iba llevando a pequeños tironcitos. Luego no sé por dónde fuimos. En la puerta de casa me devolvió dinero que había sobrado y me acuerdo que yo no se lo quería coger, quería que nos lo gastáramos con el sereno, pero ellos cerraron la puerta y me dejaron solo en el portal oscuro, interrumpiendo el festejo de las cucarachas. Me costaba un trabajo horrible ponerme a subir las escaleras. La cabeza me había engordado enormemente y se me había vuelto de piedra. Tenía que hacer un verdadero esfuerzo para mantenerla rígida, porque el cuello se conservaba tierno y flexible como un tallo y era soporte insuficiente. Con gran cuidado y atención fui subiendo peldaño por peldaño como si transportara en equilibrio un cántaro lleno: mi cabeza de piedra. Tenía que llevarla hasta la alcoba. Luego, en la cama ya no me importaba que se desprendiese y rodase por el suelo, porque yo de todas maneras me iba a quedar dormido. Ya estaba en mi piso. Era cada vez más difícil sostener la cabeza, se me agrandaba más y más. Conseguí agacharme flexionando poco a poco las rodillas y meter el llavín en la cerradura. Ya estaba casi todo. Ahora el pasillo, a la derecha, y tumbarse en la cama. Me guardé la llave, empujé la puerta y entré.

El pasillo de mi casa se ensancha aquí en un pequeño vestíbulo que tiene enfrente de la entrada, por todo mobiliario, un banco de madera. A la luz que se colaba por la ventana del patio, distinguí contra la pared clara, el bulto negro de una mujer sentada en este banco. No había más que la ventana, el banco de madera y la mujer. No quise dar la luz para no despertarla; en el patio debía haber alguna ventana encendida, y así la mujer, aunque débilmente, tenía la figura y el rostro iluminados. Llevaba un envoltorio muy apretado contra el pecho, arropado en su manto negro, y sacaba una mano blanquísima por la abertura de este mantón. Vi que no estaba dormida. Miraba de frente a un punto fijo, con sus enormes ojos abiertos sin expresión ni pestañeo. Me moví buscando la dirección de sus ojos, hice ruido, pero su rostro permanecía inmutable. Me planté delante de ella, muy cerca, y entonces comprendí que no me veía, que no me podía ver. Era una mujer de cera. A la luz que entraba por la ventana distinguí la sustancia de sus mejillas amarillentas y la de su mano lisa y pálida, distinguí la raya naranja por donde tenía pegado a la frente el pelo de verdad, que se le enmarañaba polvoriento; vi la mueca de sus labios inmóviles y el socavón de las ojeras pintadas de un crudo color violeta. Y vi, sobre todo, sus ojos. Sus grandes ojos brillantes sin movimiento. Sus ojos fosilizados, terribles, que no miraban a ningún sitio, que era peor que si mirasen. No había alzado la cabeza, no se extrañaba de verme entrar borracho; no me pedía explicaciones. Ni me las daba. Por lo demás, era igual que de verdad. Me acerqué hasta rozar el borde de su falda de tela gorda y tiesa, que dejaba asomar el viejo zapato manchado y bajé mi mano hasta tocar la suya, fría y resbaladiza, de un tacto pegajoso, como si desprendiera escamillas de polvo o de piel seca. Luego miré su rostro por última vez y enjareté un confuso discurso de bienvenida. Cada vez me costaba más trabajo mantenerme de pie con la cabeza encima. Agarrándome a las paredes, tropezando, conseguí enfilar el pasillo y alcanzar la puerta de mi alcoba. Sin encender la luz ni desnudarme, me metí en la cama deshecha y me quedé dormido.

Contra la madrugada me desperté sobresaltado, con la boca seca. Apuntaba un conato de luz en la ventana, una luz encogida que nadaba vagamente por el cuarto y confundía las sombras y los bultos, que le dejaba a uno desnudo de sus sueños, amenazado, inseguro, alerta; que cernía nuevos cuidados y afilaba los ruidos más leves. Sudaba y sentía náuseas. Me quise incorporar. Pero en el mismo instante en que iba a cambiar de postura me pareció oír un pequeño crujido en el pasillo, y me quedé con los brazos fuera paralizado de espanto. Bruscamente se me vino a la memoria la mujer de cera con su niño asesinado, oculto dentro del mantón, con su peluca rojiza y sus ojos vacíos, con aquella mano colgante que yo había tocado, tibia y asquerosa mano de esperma. Allí fuera, en el pasillo, a poquísimos pasos de mí, estaba la mujer de cera, acechando mi salida, alzándose en mi despertar. Alargué la mano, buscando ansiosamente el cuerpo de Marcela para abrazarme a él, para guarecer mi espanto en su calor, en su movimiento; busqué con avidez y ni siquiera había la huella. Entonces me acordé de que estaba solo en la casa con la mujer de cera, y mi horror se redobló. Me acordé de la carta de Marcela, de que se había marchado y la eché de menos con la mayor amargura de mi vida.

Sudaba y tenía sed. Hubiera dado el resto de mi vida —tan mezquina, tan vil me parecía— por un vaso de agua. Pero no me atrevía a moverme ni casi a respirar. Estaba todavía con un brazo fuera de las sábanas y el otro y la pierna de esa parte alargados hacia la izquierda, en la postura de buscar a Marcela y de no haberla encontrado. Solamente los ojos me atrevía a volverlos al más pequeño rumor, fijándolos en la luna del armario, donde se reflejaba neblinosamente la pared del otro lado con el rectángulo de la puerta, y así esperaba, con la cabeza tensa y el corazón parado, la más impresionante aparición.

La puerta ni siquiera estaba cerrada con picaporte; tenía abierta una ranura y a veces me parecía que se movía un poco, como si alguien estuviese del otro lado. Por lo menos para cerrar la puerta con llave debía tener el coraje de levantarme, pero, ¿quién era capaz de llegar hasta allí? Hasta los pensamientos me circulaban con una lentitud desesperante, como si se me apelotonasen en grumos de sangre cuajada. «Hago lo que haría si estuviese dormido —me repetía una y otra vez—. Si estuviera dormido, no podría hacer otra cosa. No me muevo porque estoy dormido, porque no me entero de nada de lo que pasa alrededor. No tengo miedo porque estoy dormido.» Pero cada vez estaba más despierto, más atento a las sombras y a los ruidos. Debía faltar mucho para que subiese el sol. La luz se iba espesando imperceptiblemente, aunque sin dar vigor ni amparo todavía. Era una luz lechosa y raquítica, que iba enfriando los rincones y los objetos, fingiendo sombras jorobadas por la pared.

Reflejada en la luna del armario, gris, acuosa, soñolienta, fui reconociendo la habitación; el contorno de una silla, los objetos de encima del tocador, el cuadro de Jesucristo orando en el Huerto de los Olivos. Imaginaba las manos de Marcela frescas sobre mi frente. Mi cabeza era ahora como un saco vacío; ¿habría rodado por el suelo? Sentía el ahogo de no tener cabeza y de estar empapado, en cambio, de aquel asco de mi lengua gorda y estropajosa. Notaba un sudor frío y copioso en el sitio donde debía estar la frente, y sudaba también por todo el cuerpo, dentro de las ropas arrugadas. Marcela me habría desnudado, habría ido a buscar una aspirina y un vaso de agua. Ella podría salir libremente al vestíbulo y volver tranquila y sonriente sin haber visto nada. Porque sus ojos son puros y transparentes, van disipando monstruos y horrores igual que hace el sol, limpiando los lugares donde se posan. Marcela habría vuelto con el vaso de agua, y me habría rodeado el cuello con su brazo para sujetarme por detrás, mientras bebía.

¡Dios, que no le haya pasado nada! Cómo me habré quedado tan tranquilo todo el día de ayer, cómo habré dicho que puedo estar sin ella. La tengo que encontrar. Lo más seguro es que se haya ido al pueblo de su madrina. No me acuerdo del nombre del pueblo; me duele tanto la cabeza... Fuentealgo, o Piedraalgo, a lo mejor lo tiene ella escrito por ahí en algún sobre. La última vez que estuvo aquí la madrina, ¡cuánto se reía Marcela! Se reía de puro gozo, y luego me miraba tímidamente, deseando enredarme en su misma risa. Las pocas veces que, de tarde en tarde, se ha reído así era como si ya no se fuera a apagar nunca la esperanza. Pero últimamente no se reía y me hablaba mal. A mí me irritaba aquella amargura suya, aquellas quejas veladas contra mi desocupación, contra los amigos, aquel perenne gesto contraído. No lo podía soportar, me iba para no verlo. Le decía a todas horas que estaba harto de verla llorar, harto de ella. Casi siempre se iba a las habitaciones cerradas cuando tenía ganas de llorar, y yo le decía: «Pero haces ruido para que te oiga». Otras veces, en cambio, lloraba sin ningún ruido; inclinaba un poquito la cabeza como si estuviera recogiendo las lágrimas en el cuenco de sus manos.

Voy a ir a buscarla. La voy a salir a buscar dentro de un rato. No la he sabido ayudar; la he dejado arrinconada a sus fuerzas. ¿Cómo me puedo quejar de que se haya encerrado en cuatro ideas muertas, cada día más mezquinas; de que se refugie en los seriales de la radio, de que sus ojos se hayan vuelto tercos y rencorosos, sin brillo? He hecho lo más cómodo, escaparme yo y dejarla, no pensar en ella. Ahora es más difícil que al principio borrar su recelo, pero lo haré. ¿Cómo habré consentido en apartarla de lo que para mí es una compensación de vivir, de lo que me aclara las dificultades y las miserias? Si ella conociera a Ambrosio, a Dámaso, a tipos así, no podría sentir recelo contra ellos, serían su compañía también, se abriría al mundo, se volvería generosa. Pero no digo ahora conocerlos, englobándolos en la hostil denominación de «tus amigos», que yo mismo he fomentado, no digo presentárselos casualmente, como otras veces, sino asomarla a la entereza y humanidad que tienen, uno por uno, a sus opiniones y a sus fallos. Será difícil, sin duda, pero, ¿lo he intentado siquiera? Y además, ¿era tan difícil, sin duda?, pero, ¿lo he intentado siquiera? Y además, ¿era tan difícil al principio de casarnos, cuando los ojos de ella no tenían sombra y se confiaban a los míos enteramente, cuando me demostró que era capaz de levantarme en cualquier adversidad, cuando no me pedía nada y esperaba siempre?

Deben ser las siete o por ahí. Dentro de poco abrirán los portales. Ya se ve un poco más. Si me pudiera quedar un ratito dormido para despejar completamente el cansancio y la borrachera, para dejar madurar bien la luz del día, cuando me despertase estaría alto el sol y ya tendría nuevas fuerzas; podría lanzarme a buscar a Marcela con toda mi energía. Sólo con acordarme de ella, de la dulzura que hay todavía tantas veces en sus ojos, he conseguido sosegarme y casi he olvidado a la mujer de cera. Hasta me he atrevido a dar una vuelta en la cama y ponerme en postura más cómoda, y no me ha dado miedo que chirriasen los muelles.

Pero ahora, de pronto..., sí; parece que cruje el suelo de madera del pasillo. Incorporo un poco la cabeza y me quedo en tensión, escuchando. Sí, sí, efectivamente..., alguien anda ahí fuera. Antes también se oían ruidos, pero eran confusos y yo sabía que los agrandaba mi imaginación; ruidos de la calle, de las viviendas de encima o de al lado. Pero ahora es aquí en la casa, no cabe duda. Alguien se mueve en el vestíbulo sigilosamente. Ahora se oye tropezar contra un mueble y una cosa que se cae al suelo... Y ahora... ¡pasos!, unos pasos de puntillas que vienen hacia acá. Se me representa a la mujer de cera, la del Metro, la de la terrible risa cuando me abrazó debajo de la lluvia. La cabeza me galopa de espanto; casi no puedo respirar. No estoy soñando: los pasos no son mentira, se acercan a esta habitación. Ya están aquí... se han detenido en la puerta. Alguien quiere entrar. Ahora la empujan y la puerta chilla; despacito; ¡alguien está entrando!...

Atacado de un terror indescriptible, di un grito, cerré los ojos y me tapé la cabeza con las sábanas, sujetando el borde con todas las fuerzas de mis puños cerrados. En seguida sentí que alguien se acercaba y se agarraba al bulto rígido de mi cuerpo, apoyando contra él la cabeza, y reconocí, por fin, la voz de Marcela que decía llorando:

—Perdóname, ya he vuelto, ya he vuelto...; no podía estar sin ti. Yo no puedo sin ti, seas como seas. Ya he vuelto. Perdóname.

Saqué la cabeza de las sábanas y me agarré al cuello de mi mujer histéricamente, hasta cortarle el respiro. Hundía la cara en su pelo y en sus mejillas, apretaba sus brazos y su espalda como presa de un ataque. Y ella me besaba y repetía:

—Ya he vuelto. Estaba esperando que abrieran los portales. Ya he vuelto, ya he vuelto. Ya no me vuelvo a ir.

Mezclaba su llanto con el mío. Cuando pude hablar, la separé ligeramente de mí, y, buscando su mirada, le pregunté, con angustia:

—Marcela, por favor, escucha atentamente, ¿no había nadie fuera?

Ella tenía unos ojos fijos y sorprendidos.

—Fuera, ¿dónde?

—Ahí, en el banco del vestíbulo. Acuérdate de si te has fijado bien, por Dios, por lo que más quieras.

—Claro que me he fijado. Nadie, ¿quién iba a haber? Pero... ¿por qué estás llorando? ¿Tiemblas...? ¿por qué me besas así? Y antes, cuando entré, gritabas...

Apoyé la frente en el pecho de mi mujer y empecé a soltar palabras entrecortadas que se sosegaban en el ritmo de su respiración:

—Marcela, qué miedo. Ha sido algo espantoso... Otra vez me vienen las pesadillas, como el año pasado. Anoche en ese banco de fuera había una mujer horrible; no te lo puedo explicar. Estaba muy borracho. No me quiero acordar, Marcela. Perdóname por el miedo que he pasado. Me hubiera muerto si no vienes tú. Parece que hace años de tu marcha. Ya no te vuelvas a ir. Perdóname, Marcela, he pensado muchas cosas. Qué fuerte eres, qué fuerte puedes ser. No languidezcas, sólo tú me puedes levantar. Eres igual de fuerte que al principio. Contigo, contigo. Ya no te dejo sola. No te vuelvas a ir.

ÍNDICE